KB024862

최강록의
요리 노트

《최강록의 요리 노트》는
2015년에 출간된《이건 왜 맛있는 걸까》의 개정판 도서입니다.

최강록의 요리 노트

1판1쇄 펴냄 2023년 8월 14일
1판9쇄 펴냄 2024년 11월 1일

지은이 최강록

펴낸이 김경태
편집 조현주 홍경화 강가연
디자인 박정영 김재현
마케팅 유진선 강주영

펴낸곳 (주)출판사 클
출판등록 2012년 1월 5일 제311-2012-02호
주소 03385 서울시 은평구 연서로26길 25-6
전화 070-4176-4680 팩스 02-354-4680
이메일 bookkl@bookkl.com

ISBN 979-11-92512-41-9 03810

이 책은 저작권법에 의해 보호를 받는 저작물이므로
무단 전재 및 무단 복제를 금합니다.
잘못된 책은 바꾸어드립니다.

출판사 클의 책을
만나보세요.

최강록의
요리 노트

요리가 즐거워지는
셰프의 기본 공식

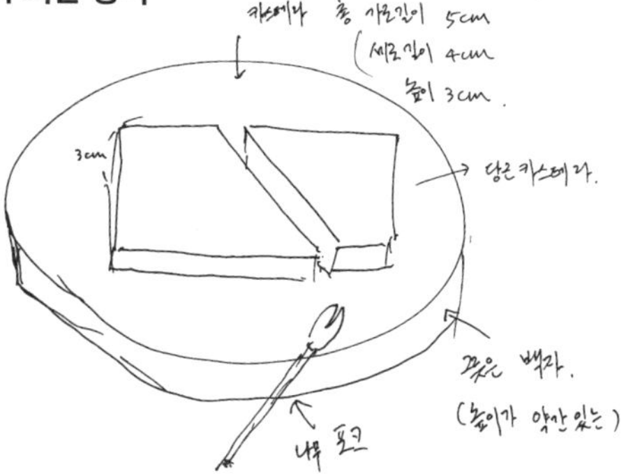

차례

어떻게 하면
요리를 잘할 수 있냐고요?

요즘은 저에게 "최강록 셰프님!"이라 불러주시지만, 그 소리를 들을 때마다 괜히 저 혼자 민망해진 적이 종종 있습니다. 일식을 하는 사람들은 '셰프'라는 말을 잘 안 써서 그렇기도 하고, 제가 생각하는 셰프는 정말 대단한 사람들인데 '내가 그런 자격이 있나' 싶기도 하고, 또 처음 제가 요리를 시작할 때가 생각나서이기도 합니다.

사실 저는 요리사가 될 마음이 없었습니다. 20대 초반에 만화로 본 일식 요리사, 특히 회를 뜨고 초밥을 쥐는 요리사가 멋있어 보이긴 했습니다. 게다가 그때 먹어본 캘리포니아롤이 꽤 맛있고 신선했습니다. 그래서 일식집을 차려야겠다 결심을 했을 뿐입니다. 다시 말해, 음식이라는 것은 저에게 그저 사업 아이템이었습니다.

그렇게 저는 스물네 살 때 처음 일식 분식집을 차렸습니다. 무척 일렀지요. 식구들도 모르게 사고를 쳐버린 것이었습니다. 그냥 집에서 부모님 도장을 가져다가 찍어버리는 무모한 짓을 저질렀지요. 롤과 초밥, 우동 같은 것을 팔았는데, 잘될 줄 알았습니다. 레시피대로 만들면 팔리지 않겠나, 뭐 별거 있을까 싶었습니다.

예상하신 대로, 장사는 안 됐습니다. 레시피에 나온 그대로 했는데 맛이 없었습니다. 불안한 마음에 가게를 다른 사람한테 맡기고, 유명하다는 가게들을 찾아가 한 달만 두 달만 일해보겠다고 사정을 했습니다. 그렇게 맛집의 레시피를 얻어서 따라하면 내가 만든 음식도 맛있을 거라 생각을 한 겁니다. 하지만 결과물은 맛집에서 먹어본 음식 맛의 반쪽짜리도 못 됐습니다.

문제는 기본기였습니다. 테크닉이 부족하니 흉내만 내게 되고, 재료에 대한 지식이 없으니 이걸 어떻게 준비를 해야 하는지 알 수가 없었습니다. 그런 상태에서 식당을 운영했다니, 돌이켜보면 참 아찔한 순간들이었습니다.

그때 그렇게 궁지에 몰리니 오히려 본격적으로 요리라는 것을 해봐야겠다는 결심이 섰습니다. 그래서 일본으로 유학도 가게 되고 돌아와서 요리학교에서 일도 하고 여러 가게들도 차려보게 된 것이지요. '사업'의 결과는 신통치 않았습니다만, 경험이 쌓여가면서 재미도 생기고 보람도 느끼고 이 길의 끝을 보고 싶은 생각이 들었습니다.

지금도 어떻게 하면 요리를 잘할 수 있냐, 어떻게 해서 요리를 잘하게 되었냐는 질문을 많이 받습니다. 사실 어느 분야나 그렇겠지만 요리도 많이 해봐서 경험을 쌓는 것이 제일입니다. 저는 맛에는 '신의 한 수' 같은 건 없다고 생각합니다. 과정이 엉망인데 어느 한 가지 비법으로 맛있는 요리가 될 리 없겠지요. 요리는 '천재처럼' 하는 게 아니라 '개미처럼' 하는 것이라고 믿고 있습니다.

그렇다고 무작정 열심히만 한다고 되는 건 아니겠지요. 맛있는 요리를 위한 기본적인 방법이자 어찌 보면 궁극적인 방법일 수 있는 것이 바로 'T-T관리'입니다. 시간(Time)과 온도(Temperature)를 관리한다는 말인데, 이를테면 고기는 몇 분 동안, 몇 도에서 구워야 원하는 맛과 식감이 나는지를 알고 그에 맞게 다뤄야 한다는 겁니다. 물론 조리할 때뿐만 아니라 서빙할 때도 중요하겠지요. 이렇게 시간과 온도를 잘 관리할 줄만 알아도 맛을 낼 수 있습니다.

가끔 텔레비전에서는 '짜잔' 하면서 갑자기 어떤 결과물이 만들어지는 장면이 나오는데 다른 일들도 마찬가지겠지만 '짜잔' 하며 탄생하는 요리도 없습니다. 과정이 필요하다는 얘기이지요. 씻고 자르고 굽고 볶고 찌고 튀기고…… 이러한 일련의 과정이요. 요리를 처음 시작하시거나, 요리를 잘하고 싶다고 말씀하시는 분들에겐 이 '과정'의 중요성을 항상 얘기합니다.

한 고등학생에게서 "아저씨는 어떻게 요리를 창작하세요? 만드는 모든 음식이 본인만의 것인가요?"라는 질문을 받은 적이 있습니다. 저는 아직 요리를 창작하는 단계가 아니기에 "창작은 못 해봤고 지금 하는 요리들은 기존의 요리를 응용하고 있는 수준입니다"라고 대답을 했습니다.

제가 생각하는 요리의 단계는 이렇습니다. 처음엔 눈에 보이는 것들 중 맘에 드는 것을 선택해 따라해보는 시기가 있습니다. 가위에 눌린 경험이 있으신가요. 이미지를 상상하여 만들면 멋지게 완성할 것 같은데 실제로 해보면 생각처럼 요리가 완성이 되지 않는, 마치 가위에 눌려 맘대로 몸을 움직이지 못하는 그런 시기가 있지요. 이렇게 따라해보고 뜻대로 되지 않는 경험을 하면서 배움의 필요성, 연습과 반복의 필요성을 느끼게 됩니다.

5년 정도 따라해보고 똑같은 것을 계속해서 반복해서 만들다보면 다음 단계로 넘어가게 됩니다. 바로 '응용'의 단계입니다. 기존에 있던 것들에 자신의 생각을 더해 살짝 비틀거나 꼬아보는 거지요. 이 단계를 창작이라 하는 분들도 계시지만, 개인의 생각차인 것 같습니다. 이 응용하는 단계를 넘어서면 창작의 단계가 올까요.

저는 경험해보지 못한 단계이지만 제가 생각하는 응용의 다음 단계는 '요리의 기본으로 돌아가는 것'인 듯합니다. 생선구이 하면 떠오르는 색감과 식감을 어떻게 하면 더 좋은 상태로 만들어낼 수 있을까에 대한 생각으로 돌아가는, 기본과 준비에 충실한 요리로 돌아가는 것. 이것이 응용의 다음 단계, 혹은 제가 추구하는 목표입니다.

앞으로 저와 함께 재료의 성질과 활용법을 알아보시는 것도 다 이런 데이터를 쌓기 위한 과정이라고 보시면 됩니다. 물론 실전의 경험이 더 중요하겠지요. 많이 해본 사람은 더 많은 데이터가 있겠고, 거기서 자연스럽게 나오는 '감'이란 것은 초보자가 당해낼 수 없는 법이니까요. 저는 처음 가게를 열었을 때, 제가 구한 레시피에 가지가 나와 있으면 그 가지를 가지고 완성품의 생김새만 흉내를 내려고 했습니다. 하지만 이제는 가지를 보면 어떻게 튀기면 더 맛이 나겠다, 어떻게 가열하면 부드러워지겠다,

어떻게 익히면 색이 날아가겠다 생각이 들 만큼, 가지에 대한 시간과 온도 데이터가 저에게 꽤 쌓인 것 같습니다. 아직도 갈 길이 멀지만 이렇게 되기까지 10년쯤 걸린 것 같네요.

집에서도 혼자 이런 실험은 해볼 수 있습니다. 요리책에 나온 요리를 해보실 때는 단순히 레시피대로 진행한다는 데 의의를 두지 마시고요. 레시피에 글로 설명되지 않은 상태, 사진 찍히지 않은 상태를 파악하려는 게 중요합니다. 왜 이렇게 했을까, 지금 이 단계는 어떤 상태일까, 고민을 하고 실험을 해보는 것이지요. 간을 보는 것도 처음 시작할 때, 중간에 재료가 조려졌을 때, 그리고 완성됐을 때 세 번을 맛보는 겁니다. 시간에 따라, 온도에 따라 재료와 국물의 맛이 어떻게 달라지고 있는지 확실히 느껴지실 겁니다. 그렇게 자기만의 데이터를 축적하면 됩니다. 책에 나온 레시피대로 했더라도 완성품은 어차피 본인만의 요리이니까요.

이렇게 써놓고 보니 요리라는 게 참 길고 지루한 득도의 과정 같습니다. 이렇게 고생해서 만들었는데도 맛이 없으면 어쩌나, 어느 세월에 최고의 요리를 만들어보나 걱정이 되실 수도 있겠습니다. 그런데 사실 이 세상에 나올 수 있는 맛은 이미 다 나와 있습니다. 제 요리의 목적은 아무도 모르는 맛을 창조하는 게 아니라, 재료가 가진 맛을 제대로 내도록 노력하는 것이지요. 거기에 좋은 분위기가 더해지면 더 맛있게 먹게 되는 게 요리입니다. 이 세상에 한 입 먹고 기절할 만큼 맛있는 요리는 아무래도 없는 것 같습니다.

요리를 해보신 분들은 다 경험해보셨을 겁니다. 내가 한 요리를 누군가 먹어보고 "맛있네"라고 말해주는 순간의 짜릿함이요. 또 그런 칭찬을 듣고 싶다는 욕심이 생기지요. 저도 그랬습니다. 그거면 됐다고 생각합니다. 그것만으로 우리는 요리를 할 이유가 충분히 있다고 생각합니다.

저에게 요리는 나를 위해서, 가족을 위해서, 연인을 위해서, 친구를 위해서, 손님을 위해서 하는 일, 그렇게 누군가를 위해서 하는 일 중 제가 가장 잘하는 일이었습니다. 누군가를 '위해서' 시간을 들이고 정성을 들여서 하는 일. 그래서 저는 요리가 좋습니다.

맛을 쉽게 발견하는 방법

재료에 따라 맛을 끌어내는 방법은 다양하게 존재하지만, 재료와 상관없이 '맛을 발견하는' 기본적인 방법은 비슷하다. 그래서 맛을 좀 더 쉽게 발견하는 방법 몇 가지를 소개한다.

1. 소금간을 마스터하자

소금간은 요리의 기본 중 기본이다. 적당한 소금간은 음식의 맛을 안정적으로 만들어준다. 그런데 요리책의 레시피를 보면 정확한 그램 수는 없고, '소금 약간' '소금 적정량'이라고만 쓰여 있다. 처음엔 왜 그렇게 쓸까, 나 역시 궁금해한 적이 있었는데, 그 이유를 곰곰이 생각해보니 그럴 수밖에 없겠다, 그러니 그렇게 쓰는 게 맞겠다 싶었다. '간'이야말로 '짜다, 싱겁다'를 느끼는 개인차가 너무 심한 부분이기 때문이다.

그래서 이 소금간에 점수를 매긴다면 '커트라인'은 있겠지만 최고점은 없을 것이다. 그렇다면 그 커트라인 안에 들 수 있는 방법은 무엇일까. 우리 혈액의 염도는 0.9%라고 한다. 물 1L에 소금 10g을 녹인 것이 1%의 염도라고 생각하면 이해가 쉽다. 간단히 말해 혈액의 염도보다 낮으면 싱겁게 느껴지고 높으면 짜게 느껴지는 것이다. 그러면 국물 한 그릇에 대략 어느 정도의 소금이 필요한지 감이 잡힐 것이다. 그래서 몇 그램을 넣었을 때 어떤 맛이 난다는 걸 알아내야 한다.

그러면 이제 필요한 것은 본인만의 계량이다. 어떻게 잡았을 때 1g인지 2g인지 알아봐야 한다. 요리를 공부할 때는 '그립테스트'라고 해서 한 번씩 집어보고 그게 얼마나 되는 양인지를 알아보기도 하는데, 나는 디지털 저울을 쓰면서 연습했다. 저울이 없다면? 좀 더 시행착오를 겪으면서 하는 수밖에 없다. 그렇게 꾸준히 연습하다보면 된다.

2. 제철을 알아두자

2월 중순부터 3월 초까지 쫄깃한 새조개가 일품이다. 특히 샤부샤부는 진짜 맛있다. 껍데기를 벗겨내고 내장을 제거한 새조개를 야채와 함께 준비해두면 더 필요한 것은 다시마 육수뿐이다. 나는 새조개 제철이면 산지에 가서 먹을 때도 있다.

또 10월, 11월에는 가끔 꽃게가 풍년이라는 뉴스도 나오는데, 그럴 때면 꼭 알이 찬 꽃게를 사다가 쪄먹는다. 찜통에 찌기만 하면 되니 깨끗이 씻는 게 조리과정의 전부다.

일본에서는 "소개팅 때 맘에 안 드는 사람이 나오면 게를 먹어라"라는 말이 있다. 그만큼 제철을 맞이한 게는 맛이 좋아서 상대와 얘기할 시간도 없다는 뜻이다. 음식을 맛있게 잘하는 사람들의 공통점은 좋은 재료를 쓴다는 것이다. 좋은 재료라는 건 제철에 나는 싱싱한 재료이다. 재료가 좋으면 반 이상 먹고 들어간다. 그 재료만으로도 맛이 풍부해지니까. 새조개 철이다! 꽃게 철이다! 기억을 많이 해둘수록 요리의 기본점수가 올라간다고 보면 된다.

3. 귀찮음을 감수하자

요리를 하다보면 자신과의 싸움의 연속이다. 이건 안 넣어도 될 거야, 이렇게 안 해도 될 거야. 하나하나 귀찮아진다. 그렇게 하나

하나 빼다보면 나중에 맛도 단순한 초간편 요리가 되고 만다. 당연한 말이지만 그렇게 포기하지 않고 원칙을 지킬수록 요리의 질이 높아진다.

〈마스터셰프 코리아 2〉 면접을 앞둔 때였다. 요리를 집에서 완성해서 가지고 가 면접을 보는 자리인데, 마침 열었던 반찬가게는 폐업해서 전기도 끊어진 상태였다. 가게에 있던 장비도 활용하지 못하고 전통적(?)인 방식으로 요리를 해야 했다. 내가 하고자 했던 요리는 '가지젤리를 곁들인 오리가슴살구이'였다. 오리고기를 수비드로 하고 싶었는데, 기계가 없으니 지퍼백을 사서 펌프로 공기를 빼고 물을 끓여 온도계를 꽂고 적정온도를 맞춘 뒤 2시간을 계속 지켜봐야 했다. 감자도 그렇게 했다. 결국 그렇게 완성해서 면접 때 가져갔는데 강레오 셰프님이 오리고기를 보더니 "색이 잘 나왔네요" 한말씀 해주셨다. 귀찮게 생각했다면 오리고기를 그냥 구워버렸겠으나 그러면 그렇게 색이 안 나왔겠고, 면접에서 떨어졌을지도 모를 일이다.

귀찮음 앞에 무릎 꿇지 않으려면 요리를 하기 전에 계획을 세우는 편이 좋다. 갑자기 생각나서 후다닥 해먹는 것도 좋지만, 제대로 요리를 하고 싶고 제대로 음식을 대접하고 싶으면 계획을 먼저 세워보는 것이다. 재료를 차근차근 준비하고 순서를 정해놓고 해나가면 완성하는 건 그다지 어렵지 않다.

4. 도구를 활용하자

요리책에서 무슨 채를 썰라고 했는데 양이 어마어마하게 많으면 그 순간 하기 싫어진다. 실제로 해봐도 채 썰다가 싫증이 나기 십상이다. 그럴 때 채칼을 사용해보자. 정말 지겨운 일이면 도구를 써보는 것도 좋다. 내가 좋아하는 건 푸드프로세서인데, 전체 조리시간을 단축시켜준다. 기능이 좋은 걸 쓸수록 갈고 다지는 것은 물론 빵반죽까지 해주는 온갖 기능이 있다. 능률이 오르면 요리가 재미있어지고, 가장 중요한 맛 내기에 집중하게 된다.

그런데 그렇게까지 투자하고 싶지 않다면, 게다가 손이 많이 가는 요리는 하고 싶지 않다면 계량컵, 계량스푼만이라도 꼭 준비해두길 바란다. 특히 요리책의 레시피를 보고 따라하는 단계라면 말이다. 요리책에 나온 대로 만들어보려고 따라하는 건데, 계량이 제대로 안 되면 비슷한 맛이 나올 수 없겠고, 그러면 요리 자체의 재미가 없어질 수 있으니까.

5. 육수의 감칠맛을 이용하자

밍밍한 물 대신 감칠맛 나는 육수를 넣기만 해도 맛이 살아난다. 국물맛이 중요한 한식이나 일식뿐만 아니라 양식과 중식도 마찬가지다. 고기나 다시마, 멸치, 가쓰오부시 같은 것부터 토마토나 버섯 등 채소까지 다양한 식재료로 감칠맛 나는 육수를 만들 수 있다.

감칠맛에도 공식이 있다. 감칠맛이 나는 식물성 재료와 동물성 재료가 만나면 그 감칠맛이 몇 배로 높아지는 상승효과가 일어난다. 삼계탕을 끓일 때, 소고기뭇국의 육수를 낼 때 다시마 한 장 넣어주면 감칠맛이 더 우러나는 국물요리를 만들 수 있다.

밥

요리가 즐거워지는

셰프의 기본 공식

한국인의 주식, 밥. 맛집이라고 소문난 한식당의 기본은 반찬 가짓수가 아니라 밥맛이다. 그만큼 한식에서는 '밥의 맛'이 참 중요하다.

요즘은 전기밥솥을 많이 사용해서 어떻게 하면 밥을 맛있게 짓는지에 대한 고민은 잘 안 한다. 이제 와서 고백하는 것이지만 초밥집을 운영할 때도 사실 쌀과 물의 비율을 정확히 알지 못했다. 어디서 본 것은 있어서 항상 쌀에 물을 붓고 손바닥으로 눌러보아 '음… 이 정도지'라는 감으로 밥을 해왔던 것. 매일매일 밥을 하다보면 감이 잡혀 밥이 잘될 때도 있었지만, 하루 이틀 휴일을 보내고 다시 밥을 하려고 하면 감이 무뎌져 밥을 망친 적도 있었다.

일본에서 공부를 할 때 내가 사는 곳에는 전기밥솥이 없었다. 그래서 1인분 정도의 밥을 할 수 있는 가마솥을 사서 끼니때마다 쌀 씻고 불리고 밥을 지어서 먹었다. 딱 한 끼 먹을 만큼만 할 수 있으니 나가서 사먹을 것이 아니면 늘 밥을 해서 먹는 수밖에 없었다.

그런데 이렇게 가마솥밥을 해서 먹는 것이 익숙해지고 나니 밥을 맛있게 짓는 것이 참 매력적으로 느껴지곤 했다. 한 끼를 위해 쌀을 씻고 불리고 밥을 짓는 과정은 물론이고 밥이 맛있게 지어졌을 때의 그 향을 느끼며 기뻐하게 되었다.

혼자서 차려 먹는데 반찬이 변변치 않을 때, 괜히 초라해지고 울적할 때, 밖에서 있었던 안 좋은 일이 자꾸 생각날 때, 이렇게 정성 들여 밥을 지어보자. 오늘 하루 수고한 나에게 맛있는 밥을 지어주면, 뜻밖의 큰 위안이 된다.

냄비밥

사실 밥도 요리다. 한식에서는 가장 기본이 되는 요리인데도 우리는 이 모든 조리과정을 전기밥솥에게 맡겨두었던 셈이다. 어떤 원리로 어떤 과정을 통해 밥맛이 좋아지는지 알아두면 쌀과 밥으로 만드는 다양한 요리들을 더욱 맛있게 만들 수 있다. 그래서 냄비밥을 한번 지어보려고 한다.

냄비밥에서 가장 먼저 필요한 것은 두말할 것도 없이 냄비. 냄비밥용 냄비로는 '두꺼운 바닥에 무거운 뚜껑'이 좋다. 바닥이 두꺼워야 하는 이유는 금방 식지 않아서다. 뜸 들인다고 불을 줄였는데 갑자기 온도가 훅 떨어지면 밥맛에 영향을 줄 수도 있다. 또한 뚜껑이 무거워야 눌러주는 힘이 있어서 압력이 높아진다. 압력이 높으면 끓는점도 높아져서 더 짧은 시간에 쌀이 익는다.

이제 쌀을 씻을 차례. 맛있는 밥의 시작은 쌀 씻기에서부터'라는 말이 있듯이 쌀 씻기는 그만큼 매우 중요한 과정이다. 너무 안 씻어도 밥에서 좋지 않은 냄새가 나고 너무 많이 씻어도 영양가가 많이 손실된다.

우선 쌀을 계량한다. 5인분을 준비한다면 5컵(200ml 계량컵 기준)의 쌀을 볼에 넣고 물을 듬뿍 붓는다. 재빠르게 쌀과 물을 섞어 떠오르는 불순물이나 쌀겨(요즘은 도정 기술이 좋아서 이런 것들이 잘 안 보이지만)를 흘려보내면서 물을 따라 버린다.

건조가 잘된 쌀은 수분을 빠르게 흡수한다. 쌀에 처음 물을 붓고 오래 담가두면 좋지 않은 냄새가 밴 물을 쌀이 흡수할 수 있으니 재빠르게 씻어 물을 버린다. 일단 물에 닿은 쌀은 표면이 금세 부드러워지므로 작은 힘으로도 으깨지거나 부서질 수 있다. 그래서 물기를 뺀 쌀을 손바닥으로 밀어 씻는데, 이때 손에 힘을 빼고 돌려가며 씻어주는 게 포인트이다. (쌀을 비벼서 씻는 과정은 이번뿐.) 골고루 씻은 다음 물을 부어 가볍게 섞고 나서 물을 따라 버리는 과정 4~5회를 반복한다. 더 이상 탁한 물이 나오지 않을 때까지 물을 갈아주면 작업이 끝난다. 헹굴 때 밑바닥까지 뒤집어가며 씻어주지 않으면 계속해서 탁한 물이 나오고, 그런다고 계속 씻다보면 쌀의 영양가도 많이 손실되니 4~5회 정도에 끝낼 수 있게 요령을 터득하는 게 중요하다.

이렇게 씻은 쌀로 바로 밥을 지으면 쌀이 폭신폭신하게 부풀어오르지 않는다. 쌀의 중심부까지 수분이 흡수되지 않은 상태이기 때문이다. 그래서 씻은 후 불리는 과정을 거쳐야 한다. 물에 담가서 불리는 방법이 있고, 씻은 쌀을 체에 밭쳐 불리는 방법이 있는데, 어느 쪽을 선택하건 불리는 시간이 필요하다. 체에 밭쳐서 불리려면 여름엔 최소 30분, 겨울엔 30분 이상을 생각하면 된다. 물에 담가 불리는 경우엔 시간을 줄인다.

이제 불린 쌀을 냄비에 넣고 물을 부어 밥을 짓는다. 물은 얼마나 넣어야 할까. 시중에 유통되는 쌀은 햅쌀이 아닌 이상 씻어서 불리면 약 20%의 양이 증가한다. 그러므로 불린 쌀로 밥을 지으려면 물을 불린 쌀만큼 부으면 된다. 즉 불린 쌀과 물의 비율이 1:1이다.

씻기 전의 쌀로 계량을 생각하면,
3컵의 생쌀을 씻었다. → 4컵의 물을 넣는다.
4컵의 생쌀을 씻었다. → 5컵의 물을 넣는다.
5컵의 생쌀을 씻었다. → 6컵의 물을 넣는다.

이런 식으로 계량한 생쌀의 컵수 +1컵을 해서 물을 넣으면 보통의 흰밥이 된다. 이 물 조절은 밥 짓기에서 굉장히 중요한 과정이므로 손가락이나 손바닥을 이용한 방법보다는 역시 숫자가 쓰여 있는 계량컵으로 계량하는 편이 정확하다.

물 조절을 한 다음엔 불 조절을 해야 한다. 뚜껑을 덮고 가열을 시작한다. 끓을 때까지 강한 불로 가열하는데, 가정용 가스레인지의 화력으론 4~5분의 시간이 걸린다. 물이 바글바글 끓어오르면 약불로 줄인 후 10분간 가열한다. 쌀이 익으면서 부풀어오르는 과정이다. 10분 후에 쌀은 물기가 거의 사라지고 쌀이 아닌 밥이 되어 있을 것이다.

이제 뜸 들이는 과정으로 넘어간다. 그 순간이 언제인지를 확인하는 방법이 있다. 불을 아주 강하게 한 다음 냄비의 밑바닥 쪽에 귀를 기울여보면 '탁탁' 뭔가 튀는 소리가 작게 들린다. 이 소리는 냄비의 밑바닥 쪽에 밥물이 거의 남아 있지 않아서 계속 가열하면 누룽지가 될 수 있다는 소리다. 이 소리가 들리면 불을 끄고 10분간 뜸을 들인다. 냄비 안의 열기로 밥을 완전히 익게 만드는 것이다.

다시 시간을 정리해보자면,

강불 4~5분

약불 10분

불 끄고 뜸 10분

쌀의 양이 많이 늘어나면 물 조절과 불 조절, 그리고 시간이 바뀔 수 있는데, 여기서 말한 방법은 쌀 9컵 정도까지는 활용할 수 있는 방법이다. 조금 난이도를 높여 콩밥을 하려면 콩을 하루 정도를 불려야 한다는 걸 알아두면 좋다. 흰쌀밥이 아닌 잡곡밥을 원하면 쌀도 라면처럼 봉지에 조리법이 나와 있으니 반드시 참고하시길.

냄비밥 완성. 냄비 뚜껑을 열자마자 모락모락 피어오르는 김과 함께 모락모락 피어오르는 기쁨을 느낄 수 있다.

라면

요리가 즐거워지는

셰프의 기본 공식

찬장에 빠질 수 없는 것이 전국민의 비상식량 라면. 값싸고 편하기도 하지만, 맛있어서 무척 좋아한다. 일반적인 라면 중에서는 안성탕면을 좋아한다. 건더기스프가 없어서 수고가 덜 들고, 미역이 많이 들어 있어 국물이 시원하다. 면발도 훌륭해서 스프를 1/3만 뿌려 생라면으로 먹어도 맛있다.

국물라면도 좋아하지만 특히 팔도 비빔면과 농심 짜파게티를 좋아한다. 그런데 이런 라면들의 특징이 하나는 적고 두 개는 많고…… 다들 공감하시리라 생각한다. 그래서 배가 고플 때는 두 개를 끓이는데 좀 다르게 먹는다. 비빔면과 짜파게티를 동시에 먹는 것. 한 종류의 라면을 두 개 끓여먹으면 좀 질리니까 여기에 오이소박이까지 한 상에 올리면, 그게 바로 나만의 '라면 삼합'이다. 하나하나 새로운 것은 없으나 합쳐보면 참으로 신선한 메뉴다.

사실 이렇게 다른 종류의 라면을 동시에 끓이는 건 되게 귀찮은 작업이다. 반면 다 먹고 나면 '아 내가 해냈구나' 하는 성취감도 있다. 물론 하다보면 요령이 생기는데, 팁을 공유하자면 냄비 두 개에 물을 동시에 올려두고 물이 끓어오르는 동안 비빔면 그릇에 고추장소스를 짜둔다. 그리고 참기름 한 방울 떨어뜨리는 것도 잊지 않는다. 면을 동시에 투척. 얼추 면이 익으면 불을 끄고 두 냄비의 물을 모두 따라낸다. 물을 잘박하게 남긴 짜파게티 냄비에는 스프를 넣고 마지막으로 센 불로 바글바글 끓이는 동안 비빔면을 열심히 찬물에 헹군다. 그러면 두 라면이 동시에 완성된다.

라면 카르보나라

재료(2인분)

라면사리 2봉

베이컨 40g
(두꺼운 베이컨이면 더 좋다.)

올리브유 1큰술

굵은 후추(취향에 맞게)

소스 재료

달걀노른자 1개분

생크림 1큰술

파르메산 치즈 20g

소금 약간

1 소스 재료를 믹싱볼에 넣고 고루 섞어 놓는다.

2 프라이팬에 올리브유를 두르고 베이컨을 넣고 가열한다. 베이컨을 바삭하게 튀겨내듯 익힌 후 굵은 후추를 뿌린다.

3 라면사리를 끓는 물에 삶아낸다. 취향에 맞게 삶으면 된다. 꼬들꼬들한 면은 식사 초반에 씹기가 불편하지만 후반엔 좋아진다. 라면 봉지 뒷면 설명서에 적혀 있는 시간만큼 삶는 게 정답이지만, 직접 면발 한 가닥을 호로록 맛보는 게 더 정확하다.

4 다 삶아지면 체에 밭쳐 물기를 제거한 후 뜨거운 상태의 라면을 믹싱볼에 넣고 만

들어놓은 소스와 베이컨, 베이컨 기름을 함께 넣은 뒤 젓가락으로 짜장면 비비는 요령으로 재빨리 비빈다.

◆ 소스와 면을 무칠 때 크림이 분리되기도 한다. 온도가 너무 높은 상태에서 소스와 면을 무치게 되면 달걀노른자가 일체화되지 않고 굳어서 덩어리처럼 뜰 수도 있으며, 파르메산 치즈의 기름이 분리되어 깔끔해 보이지 않을 수 있다. 그래서 이렇게 소스를 만들어놓고 나서 면을 삶아 무치면 실패를 줄일 수 있다. 파스타를 삶아서 먹을 수도 있지만, 라면에 해먹으면 별미다. 라볶이의 카르보나라 버전이라고 할까. 카르보나라에 넣는 달걀은 반드시 신선한 것을 사용해야 한다.

달걀

요리가 즐거워지는

셰프의 기본 공식

어느 집이나 달걀은 떨어지는 날 없이 미리미리 사둘 텐데, 나도 달걀을 많이 먹는 편이다. 특히 김치찌개를 먹을 때면 꼭 달걀프라이를 한다. 뜨거운 밥에 달걀프라이 얹고 그 위에 김치찌개 국물을 한 숟가락 부은 뒤 숟가락으로 달걀노른자를 딱 터뜨려 떠먹을 때의 쾌감! 한번 맛본 사람이라면 공감할 것이다. 또한 라면스프와 달걀의 궁합도 최고인 것 같다. (라면스프야말로 전문가 수천 명이 연구한 결과를 집대성한 것일 테니 맛이 없을 리가 없다.) 라면스프 국물에 달걀을 잘 풀어서 밥을 말아먹으면서, 나중에 '라면국'이라는 메뉴를 팔고 싶다는 생각을 한 적도 있었다.

나는 어릴 때부터 냉면에 있는 달걀에 집착했다. 엄마 것도 아빠 것도 죄다 내가 뺏어먹었다. 달걀을 꼭 먹어야 한 그릇을 다 먹은 것 같은 느낌이 들었다. 그런데 가끔 냉면의 달걀노른자가 검푸른색을 띠는 경우가 있었다. 그런 달걀은 먹을 때 목이 막히고 독특한 냄새가 강하게 났다. 뭐가 잘못된 것일까. 나중에 알고 보니 그건 '오버쿡'된 달걀, 한마디로 지나치게 익힌 것이었다. 냄새도 노른자에서 나는 게 아니라 흰자에서 나는 것. 흰자의 단백질 속에는 유황 성분이 있는데, 가열을 시작하면 이 유황 성분이 기체로 변해 노른자의 철분과 합해져 변색이 일어난다고 한다. 가열에 의해 달걀의 단백질이 굳어 삶은 달걀이 되는 것까진 좋지만 그 이상 가열하게 되면 (보통 15분 이상을 넘기면) 유화수소라는 물질이 다량 발생해 독특한 냄새를 풍기게 되는 것이다. 이 냄새는 유황이 많이 함유된 온천수의 냄새와 비슷하다고 한다.

뭐니뭐니 해도, 달걀의 맛은 노른자의 고소한 맛과 향, 흰자의 부드러운 식감이다. 달걀이 들어가는 요리는 이 달걀 특유의 맛과 식감을 제대로 살리는지가 관건이라고 보면 된다. 그래서 나는 완숙보다 반숙을 좋아하고, 요리의 마지막 단계에서 달걀을 넣은 다음에는 달걀을 부드럽게 익히기 위해 센 불로 가열하지 않는다. 이렇게 달걀과 온도와 시간의 관계를 잘 알면 달걀을 좀 더 맛있게 즐길 수 있다.

달걀 취급 시 주의할 점. 달걀을 만질 때는 특히 위생에 주의할 것. 닭이 있는 곳에 살모넬라균이 있고 달걀이 있는 곳에 살모넬라균이 있다고 생각하는 게 좋다. 기본적으로 껍데기를 손으로 만지고 나서 샐러드처럼 생식할 것들을 만지면 균이 옮겨갔다고 봐야 한다. 도마 같은 데에다 달걀을 함부로 깨면 안 되는 이유이기도 하다.

달걀 삶기

냄비에 달걀이 잠길 정도의 물을 끓이고 건져낼 체를 준비한다. 차가운 상태의 달걀을 뜨거운 물에 넣으면 온도차로 인해 금이 간다. 그리고 속이 차가운 상태의 달걀은 익히는 시간도 달라진다. 그래서 냉장고에서 꺼내어 상온의 온도에 놓아둔 달걀을 사용해야 한다. 물이 끓으면 달걀을 조심히 넣는다. 숟가락을 사용해도 좋고 달걀을 작은 볼에 넣고 끓는 물 가까이 가져가서 살포시 놓아주는 방법도 좋다. 중요한 것은 달걀을 넣을 때 낙차를 많이 주지 않아야 한다는 것이다. 높은 곳에서 달걀을 떨어뜨리듯 넣으면 달걀이 냄비 바닥에 닿아 깨질 수 있으니 주의하자. 익히는 시간에 따라 달걀의 상태와 식감이 달라지는데, 알기 쉽게 끓는 물에 넣는 순간부터 3분, 6분, 9분, 12분으로 기억해보자.

3분 ——— 노른자는 액체 상태이고 흰자는 반 정도 익은 상태. 껍데기를 까서 들고 먹을 수 있는 상태는 아니며, 껍데기를 까는 것도 어렵다. 전용도구로 달걀의 위쪽 껍데기를 따낸 뒤 스푼으로 떠먹어야 한다. 명란, 캐비어, 슈토(술이 술술 들어가게 해준다고 술도둑이라는 뜻의 '주도酒盜'라 불리는 참치내장젓갈) 등 염분이 있는 젓갈류를 곁들여 먹으면 정말 맛있다.

6분 ——— 흰자는 굳어서 형태를 갖추고 있으며 노른자는 걸쭉한 크림 상태. 노른자가 완전히 굳지 않아서 진한 노른자의 풍미를 느끼기에 좋다. 소스로도 활용이 가능하다. 반숙달걀로 장조림을 하면 간장의 염분이 침투하면서 반숙 노른자를 단단하게 만들어주어 젤리 형태가 된다. 색깔도 붉은색이 나며 퍽퍽한 완숙달걀 장조림과는 완전히 다른 맛이다.

9분 ——— 흰자는 물론 노른자도 익은 상태. 노른자의 겉부분은 완전히 익었으며 속부분은 촉촉하다. 얇게 썰어서 샐러드 등에 곁들이거나 냉면의 고명으로 적합하다.

12분 ——— 노른자의 중심까지 완전히 익은 상태. 그냥 먹으면 목이 멜 수 있다. 이 상태의 달걀은 마요네즈를 찍어 부드럽게 먹으면 맛있다.

가열 시간을 잘 맞추는 것도 중요하지만, 원하는 상태를 유지시키기 위한 '스톱(남은 열로 인해 달걀이 더 이상 익지 않게 찬물에 담가 상태변화를 멈추는 것)'의 과정도 꼭 지킬 것.

온천달걀

보통 생각하면 바깥쪽 흰자가 먼저 익을 것 같지만 안쪽 노른자가 먼저 익는다. 노른자는 69도, 흰자는 70~71도에 응고가 시작된다. 이 1~2도 차이를 이용한 것이 온천달걀이다. 이것만큼은 실패를 줄이기 위해 온도계가 필요하다. 물의 온도를 65도에 맞춘다. 상온에 1시간 이상 꺼내 둔 달걀을 넣고, 물의 온도를 계속 65도로 유지하며 30분간 가열한다. 그다음 찬물에 넣고 식히면 모양이 안정적인 온천달걀이 만들어진다. 우동 국물보다 좀 진한 간장 소스를 3분의 1쯤 부은 그릇에 이 온천달걀을 담아 후루룩 먹으면 참 별미다.

온도계가 없어도 만들 수 있는 방법은 있다. 물이 빨리 식지 않도록 바닥이 두꺼운 냄비

(달걀 5개를 넣었을 때 달걀이 잠겨야 하므로 직경이 넓지 않은 냄비)와 계량컵, 상온에 놓아 둔 달걀 5개를 준비한다. 물 800ml를 끓인다. 끓으면 불을 끄고 상온의 물을 200ml 더 넣은 뒤 달걀을 조심스레 넣는다. 뚜껑을 덮고 약 20분 정도 후에 달걀을 꺼내어 '앗 차가워'라고 느낄 정도의 찬물에 담가 완전히 식힌다. 달걀의 수가 늘어나게 되면 물의 양도 그에 맞게 조절한다.

일식 달걀찜

우리나라의 달걀찜은 대부분 뚝배기에 달걀물을 넣고 직화에 끓여내는 방식으로, 달걀물이 가열되어 부풀어오르게 된다. 뜨거워진 뚝배기는 쉽게 열이 식지 않기에 휘휘 저어주지 않으면 밑바닥이 타서 탄내가 배어든 달걀찜을 먹기 일쑤다.

나는 보들보들 찰랑찰랑한 일식 달걀찜을 참 좋아한다. 일식집의 달걀찜은 말 그대로 '찜'이다. 찜통이라는 기물을 사용하여 물을 끓이고, 그 물이 끓으면서 발생하는 증기로 재료를 익히는 간접가열 방식이다. 그래서 이 찜이란 조리기법으로 국물 같은 달걀찜을 만들기 위해서는 먼저 육수와 달걀의 비율을 알아야 한다.

중간 크기 달걀 하나의 용량을 50ml로 계산한다. 육수는 달걀의 4배로 잡는 것이 일반적이다. 달걀이 1개면 육수는 200ml(50ml×4)를 넣고 간을 한다. "나는 더더욱 부드러운 달걀찜을 만들고 싶다!" 하는 사람은 육수를 더 늘리면 되지만, 달걀 양의 7배 이상까지 늘리면 찜통에 찐다 해도 달걀이 굳질 않는다. 달걀이 굳을 수 있는 한계를 넘어선 것이라 그냥 뜨끈한 달걀국물이 되고 만다.

달걀찜에 추가로 들어가는 재료로는 새우, 밤, 은행, 구운장어, 버섯, 어묵, 떡 등이 있는데, 이 밖에도 응용할 수 있는 게 많다. 버섯 등 수분이 많은 재료를 넣을 때는 삶거나 구워서 여분의 수분을 제거하지 않으면 달걀찜의 맛이 싱거워질 수 있다. 기본적으로 각각의 재료에 약한 간을 한 후 넣는 것이 맛있다.

특히 닭고기를 넣으면 달걀찜이 익을 때 닭고기에서 좋은 맛이 한층 더 우러나는데, 가슴살보다는 다릿살이 맛있다. 닭고기는 크지 않게 잘라 끓는 물에 데쳐서 반 정도 익힌 후 사용한다. 크게 잘라서 생으로 넣으면 익지 않는다. 달걀도 익으니 그 속에 들어가는 재료들도 익을 거라고 생각할 수도 있지만, 조미한 달걀액 안에서 날것의 재료들은 좀처럼 익지 않는다. 닭고기를 한번 데쳐 넣으면 불필요한 기름이 빠지고 잡미도 사라져 깔끔한 맛의 달걀찜이 된다.

재료

달걀 3개

육수(닭고기 혹은 가쓰오부시 육수) 600ml

맛술 2/3큰술

소금 1/3작은술

국간장 20ml

달걀찜을 찌는 요령을 정리하면 다음과 같다.

1 볼을 2개 준비해 하나에는 달걀을 풀고, 다른 하나에는 육수를 붓고 간을 맞춘다. 그런 다음 2개를 섞고 체에 걸러 달걀끈을 끊는다. 그러면 달걀물이 한층 더 부드러워진다.

2 찜통에 물을 넣고 물이 끓어서 증기가 활발해졌을 때 재료를 넣는다. (찜통의 뚜껑

을 열 때는 얼굴 쪽으로 열지 말고 반대편으로 열어야 한다. 증기가 얼굴을 덮쳐 큰일날 수 있다.)

3 달걀찜 같은 것들은 뚜껑을 덮어서 쪄야 한다. 증기가 맺혀 달걀찜 표면에 떨어지면 우둘투둘해진다. 뚜껑이 없으면 랩이나 포일로 감싸 물이 떨어지는 것을 방지해야 한다.

4 찌는 시간은 담는 용기에 따라 다르지만 밥그릇을 기준으로 했을 때 20분을 표준으로 한다. 달걀찜 용기를 넣고 처음 5분은 강불로 강한 증기를 만들어 달걀찜의 표면을 굳히고, 나머지 15분은 약불로 조절하여 속까지 부드럽게 쪄낸다. 20분간 강불로 쪄내면 증기의 열에 의해서 달걀찜의 표면이 부풀어올라 넘칠 수 있으며 모양도 깨끗하게 완성되지 않는다.

5 이쑤시개 같은 것으로 가운데 부분을 찔러보아 투명한 국물이 솟아오르면 OK!

불투명한 국물이 떠오르면 더 익혀야 한다.

◆ 이렇게 완성된 달걀찜은 스푼으로 떠 먹어도 좋지만, 젓가락으로 전체를 휘휘 저어서 국물을 마시듯 먹는 것도 육수의 맛과 풍미, 달걀의 부드러운 식감을 느끼기에 좋다.

포치드 에그

달걀만의 맛이 제대로 살아 있는 요리로는 포치드 에그(poached egg)도 있다. 한식에선 '수란'이라고도 한다. 포치드 에그를 만들려면 우선 계획이 서야 한다. 물은 냄비에 달걀을 세로로 세웠을 때 그 키의 1.5배 높이만큼 필요하다. 물이 너무 적으면 달걀이 냄비 바닥에 부딪히거나, 뜨거운 냄비 바닥의 열로 인해 달걀이 터질 수 있다. 그리고 반드시 물에 넣어야 하는 것이 바로 식초다. 식초를 넣으면 달걀흰자가 잘 엉기고 굳어지는 효과를 볼 수 있다. 물 1L 기준으로 식초 50ml를 넣고 준비한다.

다음은 온도다. 80도의 물에 달걀을 넣으면 굳긴 굳지만 그 속도가 너무 느리다. 100도의 물에 넣으면 너무 뜨거워서 달걀의 흰자가 울퉁불퉁 거칠게 익어버린다. 겉면이 딱딱한 포치드 에그가 되거나 자칫 노른자가 터질 수 있다. 냄비 바닥에 작은 기포가 올라오는 정도의 90도가 적당하다.

달걀을 깨서 물에 넣을 때는 직접 물에 퐁당 빠뜨리는 것이 아니라 자그마한 볼에 달걀 한 개씩을 깨서 담은 뒤 수면 위로 조심스레 흘려 보내듯 넣어주면 성공 확률이 높아진다. 포크로 흰자를 가운데로 모아줘서 모양이 잡히면 달걀을 살살 돌려가며 흰자를 고루 익힌다. 3분이 지나면, 스푼으로 들어올릴 만한 탄력이 있는 상태인지 확인해보고 건져낸다. 달걀을 키친타월 위에 올려 물기를 제거하고 삐져나온 흰자를 칼로 정리해 모양을 잡는다. 이렇게 만든 포치드 에그는 빵이나 여러 요리의 곁들임으로 사용하는데, 올랑데즈 소스를 만들어 포치드 에그만 먹어도 맛있다.

예전에 〈마스터셰프 코리아〉 시즌 1에서 된

장 국물에 포치드 에그를 만든 분을 본 기억이 있다. 달걀흰자는 색을 빠르게 흡수하니까 된장 색깔과 풍미를 가진 포치드 에그가 됐으리라 생각한다. 만약 집에 마시다 남은 레드와인이 있다면, 레드와인 풍미의 포치드 에그를 만들어보자. 물 대신 레드와인, 일반 식초 대신 레드와인식초를 넣기만 하면 된다.

달걀 피클

재료

완숙달걀 10개

물 180ml

화이트와인 500ml

화이트와인식초 250ml

설탕 40g

소금 3g

이것저것 다 해먹어봤는데도 달걀이 많이 남았다면 달걀피클 만들기를 추천한다. 단식촛물에 삶은 달걀을 담가 절이는 것이다. 마요네즈에 찍어서 바로 먹어도 좋고, 생선가스에 곁들여 나오는 타르타르 소스를 만들 때도 요긴하게 사용된다.

물, 화이트와인, 화이트와인식초에 설탕, 소금을 넣고 끓인 후 완전히 식힌다. 그리고 소독한 병에 완숙달걀을 넣고 단식촛물을 붓고 뚜껑을 닫아 3일 후에 꺼내 먹는다.

채소

요리가 즐거워지는

셰프의 기본 공식

예전에 요리 아카데미에서 일할 때, 일본의 유명한 요리사인 호시 노리미쓰(星則光)라는 분이 강의를 하러 오신다고 해서 자료를 정리하는데 '50도의 매직(magic)'이란 희한한 제목을 발견했다. 그 내용을 간략하게 정리해보니, 생채소나 생과일을 50도의 물에 세척하면 찬물로 잘 씻기지 않는 불순물까지 씻어낼 수 있으며, 세포활성화가 일어나 각자가 가지고 있는 맛이 더욱더 좋아진다는 것이었다. 우리가 땀을 흘리는 것과 마찬가지의 효과라고 했다. 목욕탕에 있는 열탕에 발을 담그면 '앗 뜨거워!' 하는 느낌과 함께 소름이 돋는데, 이 온도가 대략 41도 정도. 그런데 채소를 이것보다 뜨거운 물에 담그라니.

강의가 시작되고 강사는 큰 냄비에 물을 가득 받아 가열했다. 중간중간에 손을 담가보면서 "내 손은 온도계야"를 연발하며 온도를 맞추기 시작했고 강사의 손이 벌겋게 달아올랐을 때 나에게 자신 있게 온도계를 꽂아보라고 했다. 온도는 정확히 51도. ("1도 틀렸네요"라고 말하고 싶었지만 그냥 "50도입니다"라고 했다.)

강사는 흡족해하며 테스트에 들어갔다. 이미 찬물로 깨끗이 씻은 상태의 양배추, 양상추, 당근, 양파 등 갖가지 채소들을 50도의 물에서 씻어냈다. 그리고 대나무 소쿠리에 밭쳐 물기를 빼낸 다음 시식을 했다. 양배추, 양상추는 더 달고 진한 맛이 느껴지는 게 신기했고 당근, 오이는 더 선명한 색깔을 띠었다. 50도의 물에 몇 초간 넣었다 뺀 토마토는 껍질이 팽팽해진 듯했다. 한마디로, 채소가 가진 맛과 향, 색이 강해졌다고 느꼈다. 한편 바나나는 50도의 물에 수십 초 담가 씻으니 실온에 두었을 때 껍질에 생기는 검은 반점이 현저히 적게 나타났다.

실제로 채소를 씻은 냄비 바닥에는 불순물이 꽤나 많이 떨어져 쌓인 것이 보였다. 브로콜리나 토마토 꼭지처럼 불순물을 육안으로 확인하기 힘들고 씻어내기 힘든 채소는 이 방법으로 안전하게 세척할 수 있겠구나 싶었다. 맛도 맛이지만 채소와 과일의 상태 자체가 미묘하게 변하는 걸 확인하는 굉장히 즐거운 체험이었다.

나중에 가게를 운영할 때 이 방법을 사용해보니, 작업시간이 두 배는 길어졌다. 주방 책임자와 직원들 간에 방법과 효과에 대한 공유가 충분히 되지 않으면 안 되겠다는 생각이 들었다. 맛이라는 게 각자 느끼는 바가 다르고, 물의 온도를 50도로 맞추더라도 채소별로 씻는 시간도 다르고 같은 채소라도 상태가 다르다. 집에서 한번 실험해보고 나한테도 맞는지 알아보자.

채소를 올바르게 보관하는 방법

채소는 어떻게 보관해야 할까? 정답은 마트에 있다. 채소의 상품성을 오래 보존하려고 노력하는 곳이 마트이니까. 마트의 채소 코너에 가면, 감자는 흙을 떨어내지 않은 채 상온에 두고, 파는 직접 냉기를 쐬지 않도록 냉장실 한편에 둔다. 이 채소는 마트에서 어떻게 두었더라? 마트의 상품 진열 모습을 보고 참고하면 도움이 많이 된다.

오늘이나 내일 쓸 채소라면 씻어서 '씻은 채소 전용칸'을 따로 만들어 보관하는 것도 한 방법이다. 이때 반드시 물기를 완전히 제거해야 한다. 젖은 옷을 오래 입고 있으면 피부가 쓸리고 짓무르는 것처럼 채소도 마찬가지다. 밀폐용기에 키친타월을 깔아 수분을 흡수할 수 있게 한 다음 보관하면 더 좋다.

며칠 더 있다가 쓸 거라면 씻지 않은 채로 두는 게 낫다. 물론 씻은 채소와 다른 곳에. 언제 쓸지 기약이 없지만 언제고 쓸 것 같은 채소들은? 그냥 안 사는 게 맞는다.

으깨서 보관하는 채소

단호박이나 감자를 예로 들자면, 먼저 필요한 것이 전자레인지이다. 냄비에 물을 받아 재료를 넣고 가스레인지에 가열하여 익히는 방법보다 시간도 단축시킬 수 있으며, 재료의 영양소를 물에 빼앗길 염려도 적다.

재료는 500g을 기준으로 한다. 감자는 깨끗이 씻어 물기를 제거한 후 전자레인지의 열을 견딜 수 있는 랩에 통째로 감싼다. 전자레인지에 6분 가열한 다음 그대로 식힌다. (전자레인지 출력에 따라 시간 차이가 있을 수 있다.) 그러고 나서 랩을 벗겨 내고 4등분하여 껍질을 벗긴다. 통째로 껍질을 벗기면 잘 벗겨지지 않을 수 있다. 여기까지 준비하고 보관하기만 해도 닭고기조림이나 생선조림용 '준비된 감자'로 사용할 수 있다.

껍질 벗긴 감자를 조리용 볼에 넣은 후 매셔나 포크를 이용해 원하는 정도로 으깬다. 랩을 적당량으로 잘라내 으깬 감자를 올린 후 랩으로 감싸 사각형으로 모양을 잡는다. 그런 다음 지퍼백에 완전 밀봉하여 냉동보관하면 된다.

단호박은 우선 반으로 잘라 씨를 깨끗하게 긁어 제거한다. 속의 물컹한 부분을 너무 많이 긁어내면 단맛과 향이 떨어지고, 너무 많이 남아 있으면 타기 쉬우므로 적당히 긁어내야 한다. 랩을 씌워 전자레인지에 6분 가열한다. 완전히 식은 후 껍질을 잡고 살을 긁어내도 되고, 껍질을 함께 으깨도 괜찮다. 그런 다음 감자와 같은 요령으로 보관하면 된다.

해동할 때는 미리 냉동에서 냉장으로 옮겨놓고 다 녹으면 그릇에 담아 잘 섞어서 사용한다. 그러면 감자나 단호박으로 반죽을 한 전이나 크로켓, 매시트포테이토, 단호박샐러드, 단호박 수프 등을 그때그때 손쉽게 만들 수 있다.

데쳐서 보관하는 채소

푸른 잎채소를 그대로 냉동실에 보관해본 적이 있을 것이다. 예를 들어, 싱싱한 청경채는 수분을 듬뿍 머금고 있다. 이것을 그대로 냉동실에 넣으면 청경채 내부의 수분이 얼게 되어 얇은 잎 부분은 종이처럼 빳빳해지며 손으로 굽혀보면 똑 부러진다. 이 상태의 청경채를 해동하면 얼었던 물이 빠져나오고 식감은 완전히 사라져 손가락으로 누르면 바로 짓물러진다. 이것은 보관이 아니라 채소를 돌아가시게 만드는 방법이다.

청경채보다 더 자주 밥상에 오르는 시금치를 냉동보관하는 방법을 소개한다. 우선 씻은 시금치를 소금을 소량 넣고 끓인 물에 살짝 데친다. 전체적으로 숨이 죽을 정도로만 데친 후 건져 찬물에 담가 식힌다. 적당한 크기로 잘라 양손을 이용해 살짝 눌러 물기를 짜낸다. 여기에 식용유를 부어 골고루 무친다. 기름 코팅을 하는 것. 식용유는 가정용 냉동고에서 잘 얼지 않는다. 이렇게 버무려놓은 채소는 기름막에 의해서 냉동고에서 수분을 덜 뺏기게 된다. 랩을 적당한 크기로 잘라 펼친 다음 버무린 채소를 넣고 랩으로 감싼다. 이것을 지퍼백에 넣고 밀봉하여 보관하면 된다.

시금칫국 등 각종 국물의 건더기, 시금치무침, 김밥용 시금치 등으로 사용하면 된다. 무침 같은 요리에 사용한다면 해동 후 바로 사용하면 되고, 볶음같이 열을 한번 가해서 먹는 요리라면 언 채로 넣는 게 좋다. 완전 해동 후 넣어 가열하게 되면 아무래도 씹는 맛을 빨리 잃게 될 테니 말이다.

채소를 깨끗하게 세척하는 방법

싱크대에 펼쳐놓고 씻는 것보단 스테인리스 볼을 사용한다.

겹쳐 있거나 눌려 있는 부분은 잘 씻기지 않는다. 씻는 채소의 양과 크기에 맞는 볼을 사용하는 게 좋다.

고여 있는 물이 아닌 흐르는 수돗물에 세척한다.

스테인리스 볼 등에 물을 받아 씻어내린 물은 흘러넘치게 해서 새로운 물로 갈아줄 것. 고여 있는 물에 씻으면 이물질을 씻어내린 물에 다시 식재료를 오염시키는 꼴이 된다.

한꺼번에 씻는 것보단 조금씩 여러 번에 나누어 씻는다.

시간을 아끼려고 많은 양을 한꺼번에 씻다보면 적은 양을 씻을 때보다 아무래도 소홀해지기 쉽다. 어떤 환경에서 어떻게 자라온 채소인지도 모르고, 눈에 보이지 않는 이물질이 붙어 있는 경우가 많기 때문에 귀찮지만 조금씩 여러 번에 걸쳐 씻고 헹구어내는 것이 좋다.

꼭지가 있는 채소, 과일 등은 꼭지 주변을 신경 써서 씻는다.

토마토, 포도, 사과 등은 꼭지 주변에 이물질이 많이 묻어 있다. 특히 껍질째 입으로 들어가는 식재료는 신경 써서 꼼꼼히 씻어낼 것. 무말랭이, 건표고버섯, 말린시래기 같은 건조물도 꼭 씻어서 사용하자. 생각보다 많은 양의 불순물이 끼어 있다.

잔털이 있는 채소 혹은 껍질째 먹는 채소, 과일엔 소금을 사용한다.

육안으로 확인하기 어려운 잔털이 나 있는 채소들이 있다. 이 잔털에 흡착된 이물질은 흐르는 물에 세척해도 잘 떨어져나가지 않는 경우가 많아 소금을 표면에 문질러주고 수십 초 후에 씻어내면 좋은 효과를 볼 수 있다. 오이 같은 푸른색 채소의 경우에는 순식간에 색이 더욱 선명해진다. 너무 많은 양의 소금을 사용하면 채소가 소금에 절여지게 되므로 적당량을 사용해야 한다.

채소를 아삭하게 만들려면

샐러드를 만들 때 채소를 찢거나 잘라서 물에 담가두곤 하는데, 그래야 잘린 채소의 단면으로 물이 더 잘 스며들기 때문이다. 세포막을 통해 물이 침투해 채소가 부풀어오르면 아삭아삭한 식감을 느낄 수 있다. 단 따뜻한 물이나 뜨거운 물에 채소를 담가놓으면 세포막이 부드러워지면서 숨이 죽게 되므로, 생으로 먹는 샐러드라면 반드시 차가운 물에 담가둘 것. 찬물이라도 상온의 채소를 담가두면 금방 온도가 올라가니 얼음물이면 더 좋다.

무한정 담가둔다고 그 채소가 점점 더 아삭한 상태가 되는 것은 아니다. 10분이 넘어가면 물을 너무 많이 먹어 모양이 휘기도 하고 식감도 물컹해진다. 접시의 크기를 고려해 '자르거나 찢은 채소를 차가운 물에 10분 담그기'로 기억할 것!

채소 냉동보관법

우선 비닐봉지에 담아 냉동하지 말고, '냉동 전용'을 사용하는 게 좋다. '냉동가능', '-23도 냉동가능' 등의 문구가 쓰여 있는 전용 비닐팩을 구비하면 된다. 일반 봉지는 냉동시키면 내구성이 약해 온도차 때문에 터지거나 균열이 생기게 돼 있다. 흔히 랩을 씌워 냉동실에 넣어두면 쉽게 찢어지거나 밀착되지 않고 재료에서 떠 있는 것을 볼 수 있을 텐데, 그 사이로 냉기가 침투하게 된다. 식재료에 냉기가 바로 닿으면 수분이 빠져 건조되고 산화와 변색이 일어난다. 이렇게 되면 냉동시키는 의미가 없어진다. 재료에 랩을 씌운 다음엔 밀폐용기에 종류별로 넣어 뚜껑을 닫아 보관하는 게 효율적이다.

그리고 재료는 가급적 얇고 넓게 펼쳐서 냉동한다. 전용 비닐팩에 넣고 얇고 넓게 펼친 후 지퍼를 잠근다. (지퍼가 없는 경우엔 공기를 충분히 빼고 입구를 접어서 묶는다.) 식재료를 덩어리째 한 봉지에 넣어두면 냉동시키는 시간이 오래 걸리는데, 시간이 오래 걸린다는 것은 상태에 이상이 생길 가능성이 커진다는 의미다.

얇고 넓게 펼쳐 가능한 한 짧은 시간 안에 냉동이 될 수 있게 해야 해동도 빠른 시간 안에 된다. 그리고 쓸데없이 부피를 차지하지 않으니 냉동고 안에 편리하게 쌓아서 보관할 수도 있다.

채소로 코스 요리 만들기

채소를 주재료로 한 코스 요리를 고급스럽게 만들어서 제대로 먹어보자.

애피타이저 **바냐카우다**

재료
안초비 50g (올리브오일에 절인 것)
우유
마늘 10알
가니미소 80g
엑스트라버진 올리브오일 100ml + 200ml

바냐카우다(bagna càuda)는 생채소와 삶은 채소를 고루 즐길 수 있는 이탈리아 요리다. 채소를 찍어먹는 따뜻한 바냐카우다 소스는 원래 마늘과 안초비, 올리브오일로 만드는 건데, 독특한 풍미를 더하기 위해 가니미소(삶은 홍게 혹은 대게의 내장만 모아 통조림으로 만든 것으로, 우리말로는 '게딱지장'이라고 한다.)를 추가한다. 식물성 주재료에 동물성 소스를 곁들여 맛을 주는 방법이다.

1 올리브오일에 절인 안초비의 가시를 손

으로 제거한다.

2 냄비에 우유를 붓고 마늘을 넣고 약불에서 부드럽게 삶는다. 우유는 마늘이 삶아질 정도면 된다.

3 마늘을 건져내 체에 내린 것을 안초비, 가니미소, 그리고 엑스트라버진 올리브오일 100ml와 함께 믹서에 넣고 간다. 여기에 다시 올리브오일 200ml를 천천히 부어넣는다. 이렇게 올리브오일을 한꺼번에 다 넣어 갈지 않고 나중에 따로 넣어 유화시키면 소스가 혀에 닿을 때 부드러워진다. 바냐카우다도 퐁뒤처럼 전용용기가 있어서 은근하게 가열해 따뜻한 상태로 테이블에 올리는데, 전용용기가 없으면 최대한 따뜻하게 해서 먹는 게 좋다. 셀러리, 오이, 당근, 피망, 배추 등 생식이 가능한 채소와, 삶은 감자, 살짝 데친 아스파라거스, 브로콜리, 콜리플라워 등 익힌 채소를 함께 내서 소스에 찍어먹는다.

◆ 여기서 마늘을 우유에 삶는 건 마늘의 강한 향과 맛을 빼내기 위해서다. 그런데 오히려 마늘향을 활용할 때가 있다. 참치를 구울 때 얇게 썬 마늘을 볶고 난 마늘기름을 이용하면 좋다. 참치는 개성이 강한 맛을 지닌 생선이어서 어정쩡하게 가열하면 비린맛이 강하게 올라오는데, 이때 마늘 기름을 사용하면 참치의 튀는 개성을 적절히 조절할 수 있다. 참치도 그렇지만 생선은 전반적으로 마늘이나 고추(페페론치노)의 풍미가 잘 어울리는 것 같다. 마늘은 한식에는 여기저기 많이 쓰이지만 내가 전공한 일식에는 활용도가 낮은 편이다. 그래서 종종 그냥 설탕물에 조려서 떡처럼 쪽득해진 통마늘을 먹는다. 물론 술안주로.

메인 **무스테이크**

재료

통무

가쓰오부시 육수 (혹은 물) 800ml

국간장 40ml

맛술 40ml

무는 한식에서나 일식에서나 많이 사용된다. 그래서 고기처럼 부위별로 그 쓰임새를 알아두면 좋다. 우선 파란 부분은 매운맛이 강하고 질긴 편이라 강판에 갈아서 쓴다. 몸통은 수분이 많고 달고 연해서 조림을 하기에 안성맞춤이다. 뿌리 끝부분은 절임이나 샐러드 등의 생식용으로 쓰인다. 무청도 적당한 크기로 썰어 볶음요리에 활용한다. 한

식에서는 채를 썬 껍질을 채반에 펼쳐 말려서 무말랭이를 만든다.

무 하면 '아삭아삭'한 식감이 가장 먼저 떠오른다. 생무를 한입 베어물었을 때 느껴지는 청량감과 알싸한 매콤함. 그런데 무스테이크는 이런 것들과는 거리가 있다. 무를 두껍게 잘라 부드럽게 삶은 후 연한 간을 하고 다시 굽는 것이다. 입안에서 녹는 부드러운 식감이 이 요리의 포인트다.

1 우선 통무를 2cm의 두께로 자른다. 껍질 쪽에 질긴 식이섬유질이 많이 있으므로 껍질 쪽을 두껍게 돌려깎기 한다. 냄비에 무를 넣고 무가 잠길 정도로 쌀뜨물을 붓는다. 쌀뜨물을 쓰면 그냥 물에다 삶는 것보다 조직이 부드럽게 잘 삶기며 쌀뜨물 내의 전분질이 무의 조직에 스며들어 무가 부스러지는 것을 방지해주기 때문이다. (쌀뜨물은 생쌀을 처음 씻어낸 물은 버리고 두번째 나오는 물부터 모아서 사용한다.) 그렇게 무를 부드럽게 삶

는다. 이쑤시개로 무의 한가운데를 찔러봤을 때 '쑤욱' 하고 들어가면 OK. 삶은 무를 건져내 표면을 흐르는 물에 조심스레 씻어낸다.

2 가쓰오부시 육수(혹은 물), 국간장, 맛술을 섞어 끓인다. 여기에 끓는 물에 살짝 데쳐내 기름기를 제거한 닭껍질 20g 정도 넣어주면 더 좋다. 닭껍질에서 우러나는 동물성 감칠맛과 약간의 기름기가 입맛을 더 돌게 한다. (닭고기를 손질하고 남는 껍질을 모아서 끓는 물에 데쳐 식힌 후 쓸 만큼 포장해 냉동해두면 편하다.) 육수가 끓어오르면 약불로 낮춘 다음 삶은 무를 넣고 간을 들인다. 10분 정도 무를 삶은 후에 간을 들이는 건, 처음부터 양념을 한 후에 무를 삶으면 무가 부드러워지기도 전에 양념이 졸아들어 맛이 짜지기 때문이다. 그래서 이렇게 여러 단계로 나누어 만들어야 한다.

3 이 상태의 무는 그냥 먹어도 좋은데, 스

테이크니까 뜨거운 팬에 살짝 겉면을 구워 내면 더 먹음직스럽다. 스테이크처럼 접시에 내도 좋고, 통째로 밥 위에 올려내도 좋다. 얼마 전, 푸아그라와 조합해봤는데 그 역시 잘 어울렸다.

디저트 **당근카스텔라**

재료

당근 350g(깨끗이 씻어 껍질까지 사용)

두부 150g (부드러운 찌개용)

달걀 5개

달걀노른자 2개

설탕 75g

생크림 50ml

우유 50ml

꿀 35g

소금 1작은술

1 당근을 한입 크기보다 좀 더 큼직하게 잘라 김이 오른 찜통에 찐다. 이쑤시개로 찔러봐서 부드럽게 들어가면 꺼내서 체에 내린다.

2 두부를 깨끗한 행주로 감싸고 그 위를 무거운 것으로 눌러서 수분을 빼준 뒤 역시 체에 내린다.

3 당근과 두부를 섞고 달걀, 달걀노른자, 설탕, 생크림, 우유, 꿀, 소금을 마저 넣은 뒤 푸드프로세서로 간다.

4　굳힘틀에 부어 윗면을 평평하게 해준 다음 김이 오른 찜통에 넣고 약불에서 40분간 찐다. 불이 강하면 반죽이 마구 부풀어오른다.

5　완성됐으면 완전히 식힌 후에 적당한 모양으로 잘라 담는다. 식고 나서 잘라야 절단면이 깔끔하다.

◆　당근은 갈변이 잘되지 않아서 샐러드에 사용하기에도 편한데, 껍질쪽이 훨씬 맛이 있다는 걸 알아두면 좋다. 물론 익히면 전반적으로 당도가 높아진다. 당근은 붉은색을 내기 위해 넣기도 하는데, 주의할 점은 당근의 비율을 줄여야 한다는 것이다. 붉은색이 팽창해 보이기 때문이다. 예를 들어, 청피망과 당근을 넣었을 때의 비율을 따져보면, 청피망이 5일 때 당근 2 정도의 비율이 좋을 것 같다.

보너스　비트소주칵테일

디저트까지 먹었는데 뭔가 아쉬움이 남는다면, 혹은 디저트까지 먹였는데 손님들이 갈 생각을 안 한다면, 비트로 달콤한 칵테일

재료
비트 500g
레몬즙(3개 분량)
설탕 180g
얼음 200g
탄산수 500ml
소주 적당량

한잔을 준비해보자. 비트는 생으로 잘라 샐러드로 많이 먹지만, 가열하면 단맛이 무척 강해진다. 포일에 싸서 오븐에 구우면 군고구마처럼 되는데, 이걸 샐러드에 넣어도 별미다.

1 비트를 강판에 갈아서 김발로 감싸 물기를 뺀다. 그걸 끓는 물에 넣고 10분간 끓여서 단맛도 올리고 특유의 냄새도 적당히 제거한다.

2 체에 밭쳐 물기를 제거한 후에 식힌 것을 믹서에 넣고 레몬즙, 설탕과 얼음을 넣고 간다.

3 마지막으로 탄산수를 붓고 휙 한 번 더 갈아주면 그 상태로 비트에이드가 된다. 여기에 소주를 적당량 섞으면 비로소 비트소주칵테일이 완성된다. 물론 술은 취향에 따라 골라 넣으면 된다.

양파소테

양파는 가열할수록 단맛이 난다는 사실은 다들 알 것이다. 그런데 양파를 어떻게 얼마나 볶는지에 따라 풍미 자체가 달라져서 다양하게 활용할 수 있다. 양파가 곤죽이 될 때까지 천천히 오래 볶는 양파소테(sauté)는 양파가 다다를 수 있는 절정의 맛이라고 할까. 단맛부터 고소한 맛까지 조미료로서 낼 수 없는 가장 진하고 특별한 맛을 드러낸다.

〈최강食록〉이라는 방송에서 카레를 만들 때 이 양파소테를 해본 적 있는데, 맛을 최고로 끌어올려보자는 마음에 3시간을 볶아봤다. 결국 '오늘 해서 내일 먹는 요리'로 소개됐다. 그래도 해냈다는 뿌듯한 마음에 반응이 궁금해서 처음으로 방송 홈페이지에 들어가 봤는데 정말로 댓글이 달려 있었다. "저러니까 망했지." 아, 처음 읽어본 댓글에 '망' 자가 들어 있다니. 맛은 정말 괜찮았는데 말이다. 아무래도 양파소테는 소중한 사람을 위해 큰맘 먹고 정성껏 음식을 준비할 때 (아니면 마구 화딱지가 났을 때) 하는 게 좋겠다.

1 양파는 큰 것으로 한 개 골라 껍질을 벗기고 채칼로 곱게 채를 썬다. 1mm로 두께를 균일하게 써는 게 중요하니 칼질에 자신이 없으면 채칼을 활용해보는 것도 좋겠다.

2 냄비에 식용유 2큰술을 두른다. 양파는 뒤적이지 말고 냄비 바닥이 보이지 않도록 고르게 펼쳐놓은 다음 센 불에서 5분 정도 가만히 둔다.

3 양파에서 수분이 빠지면서 부피가 줄어드는데, 그때 한번 뒤섞어서 다시 펼쳐 눌러준다. 주걱이 자주 들어가면 온도가 떨어져서 오히려 잘 안 익는다. 생양파에서 수분이 계속 빠지므로 쉽게 타지 않으니 걱정 안 해

도 된다.

4 처음에는 5분 정도 두면 되지만, 나중에는 2~3분마다 뒤적인다. 볶다보면 감이 잡힌다. 불의 세기를 줄여가며 짙은 갈색이 날 때까지 볶는데, 바닥이 두껍고 성능이 좋은 냄비라면 30~40분이면 완성된다. 불은 시간에 따라 점점 약하게 조절한다.

5 이렇게 완성된 양파소테는 카레나 햄버그스테이크, 또는 각종 수프나 소스로 활용할 수 있다. (나는 삼계탕에 넣어보고 싶다.) 이 자체로 그냥 스테이크에 곁들여내는 경우도 있다. 넉넉하게 만들었다면, 그릇에 담아 기름막이 뜬 그대로 랩을 팽팽하게 씌워 냉장보관하면 된다. 더 많이 만들었다면, 소분해서 냉동보관한다.

양파수프

재료
버터
양파소테
레드와인 1큰술
흑초 1작은술
닭고기육수 400ml
소금, 후추
모차렐라 치즈

양파볶음의 진수, 양파소테의 맛을 가장 잘 살리는 음식은 양파수프가 아닌가 한다. 냄비를 가열하여 버터를 녹인 후에 양파소테를 넣고 냄비 바닥에 펼친다. 단맛이 나는 레드와인과 흑초를 넣고 알코올과 산미를 날려준다. 거기에 닭고기육수를 부어 양파소테를 잘 풀어준다. 약불로 줄인 다음 20분을 끓이고 소금과 후추로 간을 한다.

여기서 끝이 아니다. 그릇에 수프를 담고 모차렐라 치즈를 소복이 올린다. 200도로 예열된 오븐에 넣고 10분 가열해서 노릇한 색을 낸다. 바게트는 모차렐라 치즈와 함께 올려도 되고 따로 내도 된다. 프랑스 요리에 빠지지 않는 양파수프야말로 양파소테가 맛을 좌우하는 셈이다.

대파구이

재료
대파
가쓰오부시 육수
간장
맛술

개인적으로 대파를 좋아해서 구이나 튀김 요리에 곁들임으로 자주 활용한다. 이를테면 생선구이에는 겉면을 살짝 태우듯 구워서 단식촛물에 담가놓은 부드러운 대파를 함께 내는 식. 그러면 피클처럼 입안을 씻어주는 역할을 하게 된다. 대파구이는 가쓰오부시로 맛을 낸 소스를 얹어 먹는 것인데, 일본식으로 표현하면 '안카케'라고 할 수 있다.

1 우선 대파의 흰 부분에 잔 칼집을 넣는다. 그러지 않으면 심이 부풀어서 펑 튀어나온다. 겉껍질이 질기기 때문에 부드럽게 해주기 위해서이기도 하다.

2 칼집 넣은 대파는 프라이팬에 기름 없이 구워 약간 탄 듯하게 색을 내서 향을 최대화

한다. 그리고 적당한 크기로 자른다.

3　가쓰오부시 육수 9, 간장 1, 맛술 1의 비율로 만든 소스에 대파를 넣고 살짝 끓인다. 대파를 속까지 익히는 것. 대파를 가니시로 쓸 거면 약한 불에 속까지 익도록 프라이팬에 천천히 구워야 한다.

4　대파가 부드럽게 익으면 물전분을 풀어 넣는다. 마치 대파와 소스가 탕수육의 돼지고기와 소스처럼 된다. 구운 향이 나는 부드러운 대파는 청주와 잘 어울린다.

대파아이스크림

재료

대파 150g

포도씨유 1큰술(15ml)

우유 300ml

생크림 100ml

설탕 50g

파를 좋아하는 어른은 물론 아이들까지 사로잡을 수 있는 대파아이스크림. 아이스크림을 만드는 기본 원리와 같다.

1 대파의 흰부분을 1mm 두께로 얇게 채를 친다.

2 냄비에 향이 없는 포도씨유를 최소한으로 두르고 채 친 대파를 넣고 볶는다. 타지 않도록 약불에 볶으면서 향을 내주는 게 중요하다.

3 우유, 생크림, 설탕을 넣고 가열한다. (대파아이스크림이니 대파 맛이 작정하고 나야 하므로 달걀도 넣지 않는다.)

4 막 끓어오르려고 하면 불을 끄고 냄비 밑바닥에 얼음물을 받쳐 완전히 식힌다. 이 과정이 정말 중요한데, 이렇게 뜨거운 상태에서 식어가는 중에 향이 배어들기 때문이다. 장조림도 하루 정도 두어야 맛이 좋아지는 이치와 같다.

5 이렇게 식힌 것을 믹서에 넣은 후 간다. 삼베에 밭쳐서 막대나 젓가락을 이용해 한약을 짜듯이 대파의 진액을 완전히 짜내면 좋다.

6 이걸 다시 냄비에 넣고 끓여 살균한 다음 완전히 식히고, 아이스크림머신에 돌린다. 머신이 없으면 얼기 직전에 꺼내서 부수듯이 마구 섞어주는 과정을 여러 번 거쳐야 부드러운 아이스크림이 된다. 한입 베어물면 대파의 은은한 향과 특유의 단맛에 놀랄 것이다.

최강록 파절이

재료
대파 2대
무채 50g

소스 재료
진간장 2큰술
흑초 2큰술
설탕 1/3작은술
산초가루 1/3작은술
참기름 1작은술
고추기름 1작은술

파절이는 파를 익히는 것은 아니지만, 생파의 맛을 제대로 느낄 수 있는 일종의 파샐러드이다. 무엇보다 파절이는 고기의 친구. 파절이는 산뜻한 입가심이 될 수 있도록 만드는 게 관건이긴 하지만, 그냥 내 입맛대로, 내 스타일대로 만들면 그만이다.

내가 좋아하는 스타일로 만든 '최강록 파절이'를 소개한다. 식감을 풍부하게 하기 위해 무채를 함께 쓰고, 고춧가루 대신 산초가루와 고추기름을 넣는다. 이유는 특별히 없다. 빨간 파절이는 흔하니까 그냥 그렇게 해봤다.

1 대파는 파절이 전용 필러로 얇은 채를 낸다. 길이가 너무 길지 않게 4cm 길이로 잘라 정돈한다. 무채는 횟집에서 나오는 정도

로 얇게 채를 친다.

2 진간장, 흑초, 설탕, 산초가루, 참기름, 고추기름을 볼에 넣고 설탕이 녹을 때까지 저어 섞는다.

3 볼에 파채와 무채를 넣고 만들어놓은 파무침 소스를 소량만 넣어 잘 버무린다.

4 1~2분쯤 지나면 약간의 수분이 생기는데 그 물을 따라버린 후 소스를 넣고 버무린다. 이게 굉장히 중요한 포인트이다! 두 번 버무리는 것. 날것 상태의 채소가 강한 소스에 닿으면 파 자체에서 삼투압이 일어나면서 탈수가 된다. 파절이뿐만 아니라 날로 먹는 모든 무침은 이렇게 두 번 버무려 간을 맞추면 된다. 그릇에 수북이 담은 후 온천달걀을 올려 내도 좋다. 온천달걀이 힘들면 앞서 말한 '3분'짜리 달걀로 내도 된다.

◆ 필러가 없다면 굳이 길게 파채를 썰지 않아도 된다. 4cm 정도로 어슷 썰어서 물에 담가 매운맛을 빼는 김에 휘휘 저으면 다 분리가 된다. 길쭉한 파절이가 아닌 타원형의 파절이는 접시에 담았을 때도 더 소복하게 모양도 좋고 먹기도 편하다.

두부

요리가 즐거워지는
셰프의 기본 공식

요리학원에 학생이 아닌 직원으로 다닐 무렵. 서른네 살의 삶은 너무 무료했는데, 일본에서 요리를 배워왔는데 나는 어느 정도의 수준인지 그 기준을 알 수 없어 막막했기 때문이다. 그래서 한번 도전을 해보기로 했다. 바로 일본의 어느 요리사단체에서 주최하는 것이라 일본인들만 지원을 하는 대회였다. 제한된 시간에 요리를 완성해서 그 자리에서 심사를 받는 일종의 '요리 백일장'. 후쿠오카 지역예선에 참가하기로 결심했고 (후쿠오카 항공권이 가장 쌌기 때문에) 그해의 주제는 시금치, 무, 도미를 이용해 요리를 만드는 것이었다.

예선은 그 요리를 각자 집에서 만들어 사진을 찍은 다음 서류와 함께 보내는 것이었는데, 다행히 1차 심사는 통과. 참가 통보를 받고 나서는 잠깐 고민을 하긴 했다. 교통비, 숙식비만 백만 원이 들 텐데, 지역예선을 거쳐 교토에서 열리는 결선에서 1등을 해야 상금이 천만 원인데…… 낮은 확률에 만만치 않은 예산으로 고민했지만 결국 후쿠오카로 갔다.

대회 날, 한국인은 내가 최초라고 다들 신기해하면서 후쿠오카 지역방송에서 인터뷰도 했다. 너무 긴장해서 인터뷰 질문은 들리지도 않고 바보같이 "와타시와 와타시데스(저는 저입니다)"라는 말도 안 되는 말까지 해가며 제대로 답도 못했던 기억이 난다.

재료는 미리 준비되어 있었고, 조건은 하나, 3시간 동안 3코스 4인분을 만드는 것이었다. 준비한 요리는 도미맑은국, 오리고기와 시금치무침, 두부와 채소조림, 내가 할 수 있는 요리 중 최고의 난이도로 골랐다. 도미맑은국, 오리고기와 시금치무침은 무리 없이 진행됐지만, 문제는 두부와 채소조림이었다.

레시피는 이랬다. 우엉을 삶아서 맛을 들인 다음, 바늘로 파내서 빨대처럼 만든다. (그냥 예쁘게 보이려고.) 그리고 두부의 물기를 빼고 나서 마를 넣고 절구에 찧어 (그냥 부드럽게 하려고.) 페이스트 상태로 만든 뒤 간을 한다. 거기에 속을 파낸 우엉과 새우살을 넣고 김발에 말아 찜통에 찌면 우엉의 모양이 살아 있는 둥그런 두부가 완성된다. 그런데 이 과정만 50분이 넘었다. 특히 두부를 절구에 찧는 데 시간이 참 많이 걸렸다.

결과는 타임오버. 담다가 끝났다. 제출은 했지만 실격이 됐다. 백만 원을 쓰고 실격이 되어서 온 것이다. 한국에서 연습할 때는 됐는데, 두부는 대회 주제도 아니었는데, 그놈의 두부를, 그놈의 절구에만 안 찧었어도. 그날 밤, 창피하고 속상해서 술을 엄청 먹었다. 주변에도 그냥 떨어졌다고만 얘기했지, 실격당했다는 사실은 차마 털어놓지 못했다.

두부는 나에게 아픔을 주었지만 교훈을 주기도 했다. 그 대회가 계기가 돼서 두부를 좀 더 공부했다. 두부는 맛도 담백하고 다루기도 쉬워서 다른 재료들과도 두루두루 어울려 응용하기도 편하다. 그러고 보면 성격이 좋은 재료 같지만, 사실 금방 쉬기 때문에 굉장히 주의를 기울여야 하는 예민한 재료이기도 하다.

두부 활용법

두부의 색다른 식감을 원하면, 한번 얼려보자. 끓는 물에 소금을 넣고 살짝 데친 다음 물기만 빼고 그대로 얼리는 것이다. 얼어 있는 상태로 쓰는 게 아니라 완전히 언 것을 그대로 녹이면 표면도 거칠거칠한 스펀지 형태가 된다. 그래서 나는 이걸 '스펀지두부'라고 부른다. 이 두부를 잘라서 튀기거나 조림을 해도 새로운 맛이 되지만, 얼었다 녹는 과정에서 기공이 생겨 국물을 잘 흡수하기 때문에 나는 국물요리에 넣는 걸 좋아한다. 한입 베어물면 입안에서 국물이 쫙 퍼진다. 작게 썰면 모든 국에 넣어도 되는데, 특히 육개장이나 우동 국물에 넣으면 그만이다.

두부덮밥

재료

연두부 1모(300g)

가쓰오부시 육수 700ml

진간장 100ml

청주 100ml

맛술 100ml

흑설탕 50ml

쪽파 1줄기(송송 썬 것)

1 가쓰오부시 육수에 진간장, 청주, 맛술, 흑설탕을 섞어 조림장을 끓인다. 보글보글 끓기 시작하면 불을 줄이고 천천히 졸여서 맛을 진하게 만든다.

2 연두부는 물기를 따라내고 조심스레 2등분해서 평평한 접시에 올리고, 끓고 있는 조림장에 미끄러뜨리듯 두부를 흘려넣는다. (그렇게 넣지 않으면 연두부가 워낙 부드러워서 깨질 위험이 있다.) 약불에서 20분 끓여서 맛과 색을 들인다. 뜨거운 밥 위에 먼저 조림장을 적당히 뿌려준 다음 조린 두부를 올린다. 쪽파도 올리면 더 좋다.

◆ 일반 두부로 해도 상관은 없는데, 좀 퍽퍽해진다.

◆ 식당에서 일할 때 한 끼 식사로 후루룩 만들어 먹었던 것도 바로 이 연두부로 만든 두부덮밥. 메밀차로 밥을 짓거나 쌀 대신 압맥(납작보리)으로 밥을 지으면 더 건강한 맛이 날 테고, 물론 술 먹고 입가심으로 좋겠다 생각하는 사람도 있겠다.

포도두부무침

재료
두부 1모(300g)
설탕 1큰술
참깨페이스트 1큰술
생크림 1/2큰술
소금 2g
씨 없는 포도(머스캣)

두부로 무침을 하려면 두부의 물기를 빼는 법이 중요한데, 두부를 깨끗한 행주에 싼 다음에 깨끗한 도마 위에 올려놓고 그 두부 위에 다시 도마를 올려놓은 다음 1시간 이상 그대로 둔다. 도마가 없으면 프라이팬도 괜찮다. 이렇게 확실히 물기를 빼내지 않으면 무침옷이 묽어진다.

그렇게 물기를 빼낸 두부 150g에 설탕, 참깨페이스트, 생크림, 소금을 넣고 고루 섞는다. 그리고 껍질째 먹는 씨 없는 포도(머스캣)를 씻고 물기를 닦은 뒤 두부에 넣고 무친다. 그릇에 소복하게 담으면 완성.

◆ 식전에 입맛을 돋우기 위해 손님에게 조금씩 내도 좋겠고, 포도 대신 당도가 높은 딸기나 무화

과를 넣거나, 생크림 대신 크림치즈나 마스카르포네 치즈를 넣으면 디저트로도, 와인이나 청주의 안주로도 손색없는 포도두부무침!

고기

요리가 즐거워지는

셰프의 기본 공식

나는 고기도 아주아주 부드러운 식감을 좋아한다. 그래서 한때 '수비드'에 빠져들던 때가 있었다. 수비드란 간단히 말해 '진공저온조리'라 할 수 있다. 열에 강한 특수비닐에 조미액체를 넣고(넣지 않는 경우도 있지만) 재료를 넣은 다음 비교적 낮은 온도(이것을 '저온'이라 총칭)의 물에 담가 장시간 익히는 방법이다. 그러면 재료의 겉과 속이 골고루 익고 수분도 날아가지 않아 촉촉하고 부드럽게 된다. 요즘 요리사들은 온도를 몇 도라도 떨어뜨리고, 시간을 조금이라도 더 늘려서 더 부드럽게 하려는 시도를 하고 있다.

수비드 하면 예전에 했던 반찬가게 얘기를 꺼내지 않을 수 없는데, 그때 7평 정도의 점포에서 하루 종일 무슨 요리를 했냐고 궁금해하는 분이 많았다. 하루 종일 수비드를 했다. 고기뿐 아니라 어패류, 채소까지 들어오는 재료의 80%는 수비드를 이용해 반찬으로 만들었다. 고기 종류와 부위별로 가열 온도가 각각 다르기 때문에 다양한 데이터를 수집하고 테스트를 해야 했다. 몇 천만 원을 들여 수비드를 위한 기계들을 구비하고 일본에서 특수비닐을 사오기도 했다. 월세 내는 날이 빨리 다가온다는 걸 느끼게 된 건 아마 이 수비드 때문이 아니었을까 싶다. 사실 수비드로 요리계에서 혁신의 한 획을 긋고 싶었으나, 인생에서 아픔의 한 획을 긋고 끝났다. 아예 '수비드반찬전문점'이라고 간판을 내걸어볼걸 그랬다.

알고 보면 수비드는 되게 귀찮은 일이다. 저온조리이기 때문에 고기, 도마 등의 살균에 엄청나게 신경을 써야 한다. 보통 진공을 하면 안전하다고 생각하지만, 공기가 없어도 번식하는 세균이 있으니까. 일본에서도 1970년대에 어느 고급 호텔에 도입했다가 집단 식중독이 일어나 큰 문제가 되기도 했다. 그래서 가게에서 도입하려면 확실히 직원들을 설득시키고 교육시켜야 한다.

사실 집에서는 기계가 있어도, 과정과 원리를 이해하지 못하면 실제로 해보기는 어렵다. 가정용 진공포장기는 액체를 넣고 함께 진공되는 모델이 없고, 물의 온도를 일정하게 유지하려면 온도계를 꽂아 두고 5분에 한 번씩은 체크해야 한다. 언젠가 이 수비드에 대한 연구를 더 집중적으로 해서 그 결과를 정리해보고 싶은 욕심이 아직도 남아 있다.

고기 맛있게 굽는 법

주로 한국식 구이용 고기는 얇게 썰어 강한 불에 굽는데, 사실 이건 소고기를 굽는 방법이고 돼지고기는 약한 불에서 비교적 오래 구워야 맛있다. 소고기와 돼지고기의 육질 차이 때문이다. 돼지고기는 센 불에서는 수축이 심하게 일어나는 반면, 약한 불에서 비교적 오래 가열하면 부드럽게 살이 풀린다.

돼지고기는 천천히 그리고 충분히 익혀야 하니 초보자들도 어렵지 않게 굽지만, 소고기야말로 (비싸서 그럴 수도 있지만) 한번 잘못 뒤집었다가 주위의 온갖 잔소리를 듣는 경우가 많다. 소고기는 가열해서 밑부분이 익으면 내부의 수분인 육즙이 위로 올라가 표면에 맺히기 시작한다. 바로 그때가 뒤집는 타이밍이다.

다시 말해서 그냥 눈으로 보고 육즙만 확인해서 뒤집으면 된다. 뒤집은 다음 센 불에서 '치이익' 한 번 더 구우면 그게 레어 상태이고, 거기서 더 오래 구우면 미디엄, 더 오래 구우면 웰던이다. 뒤집은 다음부터는 먹는 사람의 취향에 따르면 된다.

어떤 고기든 간에 가열을 하면 다음과 같은 변화가 일어난다. 우선 수축이 일어나면서 육질이 단단해졌다가(1차 가열), 더 오래 가열을 하면 육질이 부드러워지면서 새로운 식감이 된다(2차 가열). 정리해보면 1차 가열만으로 완성하는 요리도 존재하지만, 장시간 2차 가열까지 해서 만드는 요리들도 많다. 삼겹살을 튀겨서 기름기를 빼내고 삶는 동파육(3~4시간), 돼지 정강이로 만드는 족발(3~4시간), 소의 혀를 사용한 텅스튜(2~3시간), 소꼬리찜(3~4시간) 등이 있다. 불 조절이나 냄비의 재질에 따라 달라질 수는 있지만 공통적으로 가열하는 데 기본 3시간은 걸리는 요리들이다.

스테이크 굽는 법

고기는 많이 익을수록 단단해진다. 그래서 요리사들도 손으로 살짝 눌러보고 구운 정도를 확인하곤 한다. 그래서 널리 알려진 것이 핑거테스트, 즉 손가락과 손바닥을 이용해 비교해볼 수 있는 기준이다. 왼손이든 오른손이든 쫙 펴고, 검지와 엄지 끝을 마주 댄다. 그때 엄지의 아래에 볼록 튀어나오게 되는 부분이 있는데, 그걸 다른 손으로 눌러보자. 그게 레어의 단단함이다. 같은 방식으로 중지와 엄지를 맞대면 미디엄, 약지와 엄지를 맞대면 웰던이다. 어느 정도 해보면 해산물을 구울 때도 비슷한 단백질이라서 감이 온다. 단 생선은 너무 세게 누르면 살이 부서진다는 것만 주의할 것.

스테이크를 구울 때는 언 고기, 덜 해동된 고기를 바로 구우면 백전 백패. 굽기 전에 냉장고에서 꺼내서 상온의 온도로 맞춰야 한다. 얼어 있다면 겉이 노릇하게 구워졌다 해도 속은 안 익은 상태가 되고 만다.

스테이크에 소금, 후추는 대체로 굽기 직전에 뿌린다. 미리 해놓으면 탈수가 되어 육즙이 빠져나가기 때문이다. 셰프에 따라 미리 뿌리기도 하고 굽는 도중 완성 직전에 뿌리기도 한다.

스테이크는 굽자마자 자르면 안 된다. 갓 구워낸 고기는 열 때문에 육즙이 내부에서 팽창되어 있는 상태라서, 자르는 순간 핏물 같은 육즙이 쫙 빠진다. 5분을 구웠으면 최소한 그 시간의 반, 2분 30초는 휴지기를 두어야 한다. 육즙이 안정되어 잘라야 핑크빛 속살이 드러난다.

닭고기의 부위별 조리법

닭고기 하면 떠오르는 기억이 있다. 초등학교 1학년 때. 그 시절엔 학교 앞에서 병아리를 팔았는데 노란 게 예뻐서 한 마리를 사왔다. 그런데 당시 아파트에 살고 있던 터라 어머니가 당연히 못 키우게 하셨다. 어쩔 수 없이 아파트에 살지 않는 친구에게 그 병아리를 줬다. 그러고는 얼마 뒤, 그 친구네 집에 병아리를 구경하러 갔다. 아마도 강아지처럼 여전히 귀여운 모습으로 마당을 뛰어다니는 장면을 상상했던 것 같다. 그런데 그 아장아장하던 병아리는 간데없고 전사처럼 공터를 거닐던 닭이 한 마리 있었다. 어린 내가 보기엔 눈도 무서웠고 징그러웠다. 충격이었다.

그 후 까맣게 잊고 있다가 어느 날 다시 친구네 집에 놀러 갔는데 닭이 없었다. 그 징그러운 닭이 도망갔냐고 친구한테 물었더니 잡아먹었다고 했다. 또 한 번 충격. 친구의 엄마 아빠가 미워졌다.

그러다 아홉 살 때쯤 할머니 할아버지가 치킨집을 여셨다. 그때 일주일에 한 번 정도는 꼭 찾아가서 치킨을 얻어먹곤 했다.

케첩과 마요네즈로 버무린 양배추샐러드와 치킨무와 함께 먹던 치킨은 특별한 양념 같은 것은 없는 그냥 닭튀김이었는데도 무척 맛이 있었다. 그 이후에도 치킨 사랑은 계속되었다. 용돈이 오천 원이던 고등학생 시절, 양재시장 안 건물 지하 치킨집이 닭 한 마리에 육천 원이라는 걸 발견하고 열심히 다녔는데, 아직도 문전성시다. 지금은 맥주 오백 한잔 생각이 나면 자연스럽게 집앞 치킨집에 가곤 한다.

배달시켜 먹는 치킨은 정말 요즘이 전성기인 것 같다. 개인적으로 너무 맵고 달콤한 양념은 별로 안 좋아하고 닭고기만을 즐긴다. 클래식한 취향이다. 정통 치킨이라면 아직 부산에는 남아 있다는 림스치킨이 제일이었던 것 같다. 한때 좋아하는 부위만 먹을 수 있어서 교촌치킨에 꽂혔는데, 지금은 보드람치킨에 빠져 있다. 닭이 좀 작긴 한데 튀겼을 때 색과 간이 잘 맞아서 좋아한다. 맥주와 먹을 때는 KFC 오리지널 치킨을 찾는다. 우리나라의 치킨전문점은 세계최고의 기술을 가지고 있다고 해도 과언이 아닐 듯하다.

다릿살

움직임이 많은 부위여서 육질이 단단해 식감이 좋고 고기맛이 진한 게 특징이다. 튀김, 볶음, 구이, 조림 등 응용폭이 넓다. 최근

엔 다릿살의 뼈를 제거하여 정육 형태로도 판매하고 있는데 다른 부위에 비해 가격이 비싼 편이다.

닭고기는 신선한 냉장육을 그때그때 적당량만 사서 빨리 먹는 게 좋다. 닭다릿살이라도 냉동시켰던 걸 해동시키면 수분이 빠져나가서, 가열하면 퍽퍽해지기 쉽다.

가슴살

가슴살은 단백질이 많고 지방이 적어서 다이어트인의 필수 식품이다. 일반적으로 짧은 가열 시간으로 익혀 결대로 찢어 냉채, 무침으로 많이 사용된다. 오래 가열하면 퍽퍽해지므로 조리 시 주의가 필요하다(안심은 가슴살보다 지방질이 더 적으므로 가열 시간에 더 주의할 것). 가슴살은 신선도가 특히 중요한 부위인데, 전라도에서는 갓 잡은 닭의 가슴살은 회로 먹기도 한다. 일본에서도 선도가 좋은 것은 회로 제공한다.

가슴살을 부드럽게 먹는 방법은 저온조리(수비드)인데, 끓는 물에 살짝 데쳐 소독을 한 후 진공비닐팩에 간장, 맛술 등과 함께 넣는다. 그렇게 진공상태로 만든 가슴살을 60도 물에서 30분간 익힌다. 그러면 수분이 보존되어서 결결이 찢어지지 않고 하나의 덩어리 같은 식감의 촉촉하고 부드러운 닭가슴살이 된다. 전용기구가 없을 때는 냄비에 물을 끓여 온도계로 체크하면서 가열하면 되긴 하지만, 쉽지는 않다.

날갯살

닭볶음탕에서 진가를 발휘하는 날갯살은 퍽퍽한 가슴살과 부드러운 다릿살의 식감을 동시에 느낄 수 있는 부위다. 닭껍질이 감싸고 있는 형태이며 단백질과 지방질이 풍부하다. 닭봉과 닭날개로 나누어 판매하는 곳이 많다. 젤라틴질도 풍부하여 장시간 가열 후 식히면 묵처럼 굳어버린다.

목살

한국에서는 주로 영계를 팔아서 목살이 그다지 많지 않지만, 일본에서는 야키토리집에서 '세세리'라고 부르며 대접받는 부위다. 손질해서 꼬치에 꽂아 구워먹는 야키토리의 인기 메뉴이다.

닭발

닭발은 콜라겐이 풍부하기로 유명하다. 중국에서는 이 닭발을 푹 삶은 후에 뼈는 제거하고 여러 요리에 사용한다고 한다. 진한 육수를 낼 때도 사용한다.

닭벼슬

프랑스 요리에 사용하는 닭벼슬은 따로 모아 향신료와 물을 넣고 부드럽게 조린 후 와인을 넣고 다시 진하게 조린다. 곤약 같은 느낌이다.

닭간

프랑스에서 파테(paté)로 만든다. 페이스트 상태로 빵에다 발라먹기도 한다.

고기 냉동보관법

고기를 냉동할 때에는 그대로 넣는 것보다는 밑간을 해서 넣으면 그 후의 사용이 편해진다. 언 고기는 결국 해동 후 상태가 악화되는 것이 항상 문제인데, 해동 후 가열하게 되면(주로 구이) 심한 탈수로 인해 육즙이 다 빠져나간 뻑뻑한 고기가 되어버린다. 조림을 하거나 국에 넣어 끓이는 경우라면 어찌 되었든 고기의 감칠맛이 국물에 녹아들어 맛의 손실이 별로 없다 할 수 있겠으나 구이 같은 경우는 육즙이 그대로 다 빠져 흘러나간다. 그러므로 밑간을 한 후 냉동시키고 조리 시에는 반 해동 상태에서 불 조절에 신경을 써서 바로 가열 조리하는 게 좋다.

볶음양념이 있다면 자른 고기를 양념에 고루 버무려 무친 후 무침 양념 그대로 랩에 감싸 먹을 양만큼 나누어 밀폐용기에 보관하면 된다. 생고기(돼지고기)를 냉동할 경우엔 고기 중량의 1% 정도의 소금을 뿌리고 취향에 맞게 후추도 뿌려 랩으로 밀착시켜 감싼 다음 밀폐용기에 넣어두자. (후추를 뿌린 경우엔 너무 센 불에 계속 가열하면 후추가 타게 되어 풍미가 나빠지므로 불 조절에 주의해야 한다.)

스테이크용 소고기를 냉동해도 괜찮냐고 물어오는데, 나의 대답은 '냉동하지 않겠다'이다. 구이라는 특성상, 그리고 소고기 조리법의 특성상 냉장 상태의 고기를 냉동한다면 좋은 결과를 얻을 수 없기 때문이다. 그리고 냉동한 고기를 조리할 때는 속까지 익혀야 하기에 뚜껑이 있는 프라이팬을 사용하는 게 좋다. 해동과 조리를 동시에 진행하는 방법이다. 너무 두껍게 고기를 자르지 않아야 하는 것도 팁이다.

해동은 실온에 방치해놓는 것보다는 냉장실에 넣어두는 편이 좋다. 냉장실에서 해동하는 것이 시간이 훨씬 많이 걸리겠지만 안전한 방법이다. 실온에서 해동하다가 까먹는 경우도 있고, 온도의 변화에 민감한 재료는 상온에서 변질될 수 있기 때문이다.

그리고 해동시킨 후 재료에서 빠진 물은 요리에 절대 넣지 않는 게 좋다. 왠지 진국인 것 같아 아깝다고 봉지를 탈탈 털어 물기까지 넣기도 하는데, 그 물은 냄새도 좋지 않고 요리에 들어가서 풍미를 나쁘게 만드는 원인이 되기도 한다.

닭다릿살맑은조림

재료

대파 1줄기
생표고버섯 2장
닭다릿살 150g
물 800ml
청주 100ml
다시마 5g
태국고추 1개
소금 1/2작은술
국간장 2/3큰술

1 대파의 표면에 잔 칼집을 넣어 3cm 길이로 자른다. 이때 대파에 칼집을 넣는 이유는 겉껍질이 질겨서이기도 하고, 안 그러면 구웠을 때 심이 퐁 튀어나와서이기도 하다. 시간이 있으면 뒷면까지 착착 칼집을 낸다. 그러면 더 부드러워진다. 프라이팬에 기름을 두르지 않고 약한 불에 대파를 굽는다. 천천히 구워 최대한 단맛을 빼낸다.

2 파를 굽는 동안 생표고버섯을 준비한다. 버섯이 물을 빨리 흡수하기 때문에 깨끗한 상태의 버섯은 안 씻는다. 겉의 이물질만 젖은 키친타월로 훑어내고 씻어야 할 필요가 있으면 흐르는 물에 살살 씻는 정도로 한다. 파가 다 구워졌으면 꺼내서 옆에 두고, 닭다릿살을 준비한다.

3 닭고기를 칼로 두드려 칼집을 낸다. 이유는 첫째 연해지고, 둘째 열을 가했을 때 수축이 덜하고, 셋째 잘 익기 때문이다. 칼집을 낸 다음엔 다릿살에 밀가루를 얇게 묻힌다. 밀가루 코팅이 된 셈이라 고기 맛이 빠지는 것을 방지하는 효과가 있다. 국물의 농도도 진해진다.

4 다릿살을 구울 때 다 익힐 필요는 없고, 겉만 살짝 구워서 노릇한 색과 구수한 향을 낸다고 생각하면 된다. 밀가루를 묻혔으면 기름을 둘러야 색이 잘 나온다. 살 쪽은 너무 오래 가열하면 딱딱해지니 뒤집어서 하얗게 될 정도만 굽는다.

5 이렇게 바삭하게 구운 다음 체에 밭쳐 뜨거운 물을 붓는다. 뜨거운 물을 부어 구운 닭고기의 기름을 씻어내면 국물이 더 담백해진다. 어느 정도 기름기는 상관없다 생각하면 대강 키친타월로 닦아내도 된다. 마지막으로 닭고기를 한입 크기로 썰어둔다.

6 물, 청주, 다시마, 태국고추, 소금을 냄비에 담고 표고버섯과 닭고기를 넣은 후 센 불에 가열한다. 다시마는 뿌리 쪽이 좀 더 진한 맛이 난다. 또 겉면에 허연 가루가 많을수록 감칠맛이 더 많이 난다. 떠오르는 거품은 무조건 제거한다. 다시마가 제대로 우러나왔으면 빼내고 마지막으로 구운 파를 3cm 길이로 썰어넣고 끓인다.

7 국간장을 넣는다. 고기를 함께 먹어야 해서 국물 자체의 간이 좀 센 편이다. 완성 직전에 좋은 청주가 있으면 살짝 부어 알코올만 날린다. 그릇에 국물을 자작하게 담고 고기와 버섯, 파를 올린 뒤 굵은 후추를 뿌리면 완성.

◆ 국물은 한 가지로 설명할 수 없는 복합적인 맛이다. 식물성 다시마와 동물성 닭고기가 어우러진 감칠맛에 파와 청주의 독특한 향이 들어가서 한 번 만들어 맛보면 계속 만들게 될 것이다.

◆ 싱싱한 표고버섯은 뒤집어서 물이 고일 때까지 천천히 구워서 내면 아무런 조리를 하지 않아도 멋진 안주가 되기도 한다.

◆ 뼈 없는 다릿살은 흔히 '정육'이라고 쓰여 있다. 그래도 가끔 연골이 있을 수도 있으니 확인해보자. 고기는 물에 씻지 않는다. (물론 바닥에 떨어졌거나 이물질이 많이 묻어 있으면 씻는다.) 물이 닿으면 부패가 빨리 진행되고 맛이 빠져나가기 때문에 행주나 키친타월로 닦아주는 정도로만 한다.

◆ 가끔 기름기를 싫어하는 사람들이 닭껍질을 통째로 떼어내는데, 버리지 말고 끓는 물에 살짝 데쳐 식힌 후 냉동하면 나중에 국물맛을 낼 때 요긴하게 쓰인다.

닭날갯살매운조림

재료

닭날개 10조각

대추 10알

생강 10g

청주 150ml

고추기름 30ml

토마토고추장*
1/2큰술

참기름 50ml

진간장 50ml

설탕 30g

대파 1줄기

바질 10g

1 준비한 닭날개를 가운데 칼집만 내서 자른다. 칼집을 내는 건 날갯살이 잘 안 익기 때문이다. 칼집 낸 닭날개를 끓는 물에 한번 데친다.

2 대추를 씻어 물기를 빼고 씨를 제거한다. 대추도 여기서는 단맛을 내는 조미료 역할을 한다. 생강도 네모나게 썬다.

3 뚝배기 같은 질그릇에 날갯살, 대추, 생강을 담고 청주, 고추기름, 토마토고추장, 참기름, 진간장, 설탕을 넣고 강불로 끓인다. 청주를 많이 쓰는 건 물보다 맛있기 때문. 일본에서는 술을 '맛있는 물'이라고 표현하기

*완숙 토마토를 숙성하여 만든 저염 고추장.

도 한다. 그런데 이렇게 술을 많이 넣고 알코올이 날아가지 않은 상태에서 자주 간을 보면 취할 수도 있다.

4 보글보글 끓어오르면 약불로 줄여서 익힌다. 국물이 적어서 불 조절을 잘해야 한다. 색깔이 짙어지고 광택이 나기 시작하면, 쉽게 표현해서 '때깔이 나기' 시작하면, 표면에 잔 칼집을 넣어 3cm 길이로 자른 대파를 넣는다. 대파의 구운 향을 느끼기에는 양념 자체가 진해서 굽지 않고 그냥 넣는다. 부드럽게 푹 익히려면 처음부터 넣고 아삭한 맛을 남기려면 나중에 넣는 것을 추천한다.

5 그러고 나서 고기가 부드러워질 때까지 30~40분 조리면 끝. 단, 쫄깃한 맛을 좋아하면 센 불에 금방 조려내고, 날갯살이 쑥 뜯어지는 정도의 부드러운 맛을 좋아하면 압력솥에 조리하는 게 낫다.

6 불을 끄고 바질을 듬뿍 넣고 뚜껑을 잠

시 덮어두면 바질향이 그대로 요리 안에 배어든다. 양념맛이 센 편이지만 고기와 함께 먹으면 괜찮다. 날갯살에는 콜라겐이 많아서 금방 찐득해진다. 그런 찐득한 맛을 좋아하면 좀 놔두었다 먹어도 좋다.

◆ 바질은 향이 빨리 날아가기 때문에 물에 오래 담가놓지 않는 게 좋다. 물에 헹군 다음 물기를 떨기만 해도 부엌에 향이 퍼진다.

생선

요리가 즐거워지는

셰프의 기본 공식

흔히 회를 좋아하는 사람들 사이에선 이런 말이 오간다.

"회는 역시 바로 잡아 떠서 먹어야 제맛이지."

"무슨 소리? 잡아서 숙성시켜 먹어야 제맛이지."

초밥집을 할 때 생선회는 어떻게 먹는 게 제맛인지 물어보시는 손님도 많았다. 그때 드린 대답은 "취향에 맞게 드시는 게 제맛입니다"였다. 사실 초반에는 숙성회에 대한 설명을 엄청나게 길게 해가면서 회는 숙성시켜야 맛있다는 것을 강조하곤 했다. 허나 설명이 끝나면 돌아오는 대답은 "에이 그래도 활어가 제일이지!"

'쫄깃탱탱'하다는 활어회, '물컹푸석'하다는 숙성회. 이 두 가지의 차이를 설명하기 위해 생선의 '최후'를 상상해보자. 알다시피 대개의 물고기는 평생 물속에서 살아가니 물 밖의 환경에는 적응할 수 없는 몸을 타고났다. 그러니 이런 물고기가 그물에 잡히거나 혹은 낚싯바늘에 걸려 물 밖으로 나오게 되면 호흡이 안 되는 것은 물론, 생전 처음 보는 환경에 내던져지니 바닷물 속에선 접할 수 없었던 균의 습격을 받는다. 결국 시간이 지날수록 온몸엔 점액질이 뒤덮이고 호흡이 서서히 멈추게 된다.

생선이 죽게 되면 호흡이 멈추고, 산소의 체내 공급도 멈춘다. 이 순간 a) '사후경직'이 일어나 살이 단단해진다. b) 그러고는 시간이 지나면서 경직된 살이 부드럽게 풀린다. 이때부터 생선살의 단백질이 분해되기 시작하며 '숙성'을 지나 '부패'의 과정으로 넘어가는 것이다.

쫄깃탱탱한 생선회

a)단계를 가리킨다. 생선살에 아직 탄력이 남아 있으며 살의 색이 투명하다.

물컹푸석한 숙성회

b)단계를 가리킨다. 생선이 '물컹해지면서 더 시간이 지나면 푸석해지는' 단계. 일본에서는 여기까지 숙성시켜 감칠맛을 최대한 끌어내는 가게도 있지만, 독특한 단맛과 향이 강하게 느껴지는 반면 씹는 식감이 없어져 한국식 '활어회'로서의 매력은 떨어진다.

생선회를 '씹는 맛' 위주로 즐기려면 활어를 바로 잡아 회를 떠서 먹는 게 좋다고 할 수 있지만, 시간을 들여 깨끗이 손질 후 위생적인 환경에서 숙성을 거친 생선회가 적당한 단백질 분해가 일어나 감칠맛도 느낄 수 있으며, 기후나 환경의 영향을 많이 받는 활어회보다 '식품 안전'에도 더 적합하지 않나 싶다.

얼마나 숙성을 시켜야 최상의 맛을 이끌어내는가에 대한 정답은 없다. 생선에 따라, 선도에 따라 또는 크기에 따라 전부 달라진다. 횟집 나름대로 여러 번 실험을 통해 그 가게만의 맛을 찾아내는 것이다. 일반적으로 4시간 정도 냉장 숙성만 해도 광어는 찰기와 맛이 완전히 달라진다. 시간이 지남에 따라 단백질이 분해되면서 감칠맛이 살아나기 때문. '쩌억쩌억' 씹는 맛도 생긴다. 씹는 맛을 남기면서 맛 자체를 끌어올리는 것, 그게 숙성이다. 그 최적의 조건을 찾아내는 것이 숙성의 기술이다.

결론적으로, 활어에 집착하지 말자고 말하고 싶다. 갓 잡은 생선은 맛보다 씹는 식감만 강한 것이고, 죽어서 손질 후 숙성을 거치는 횟감은 아미노산이 활성화되면서 더 맛이 난다. 숙성도 조리의 과정이라고 생각하면, 놓치고 싶지 않은 과정이다.

생선회의 종류

색으로 나누자면 흰 살 생선(백), 붉은 살 생선(적), 등 푸른 생선(청)으로 나눌 수 있다. 물론 흰색과 붉은색은 살색이지만 푸른색은 껍질색이다.

첫번째, 흰 살 생선은 맛이 담백하고 탄력이 강해서 질기다. 광어회를 두껍게 썬 회는 좀처럼 보기 어려운데, 그랬다간 질겅질겅한 느낌이 강해져서 입안에 온통 날 생선의 향만 그득하게 남을 것이다. 그래서 적당히 씹어 넘길 수 있게 되도록 얇게 저며 내는 것. 조직에 맞게 포를 뜨면 색도 투명해서 예쁘게 잘려 나온다. 가장 흔한 광어, 도미, 우럭 등이 이 흰 살 생선의 대표주자이다. 흰 살 생선들은 각각 독특한 식감과 맛을 지니고 있지만 눈을 가리고 먹었을 때 그 맛을 구분하기란 쉽지 않다.

사료를 먹고 자란 광어의 지느러미(엔가와)는 자연산의 그것보다 두꺼워져 있다. 그래서 더 맛있기도 하다. 도미나 우럭도 양식한 것은 배와 내장 쪽으로 지방이 잔뜩 껴 있다. 이것도 필레(filet)를 떠서 앞서 말한 50도 물에 담갔다 찬물에 씻어내면 기름기가 적당히 빠져서 훨씬 담백한 생선회로 먹을 수 있다. (50도의 세척법은 채소뿐 아니라 육류, 날 생선 등에도 적용 가능한 방법이다.)

붉은 살 생선에는 참치, 연어를 포함시킨다. 살이 부드러워서 씹는 맛을 느끼게 하려면 두툼하게 썰어야 한다. 참치는 피맛이 강해서 맛과 향이 진한 편이다. 참치가 냉동인 이유는 색과 선도를 유지하기 위함인데, 주로 먼바다에서 잡아오는 참치는 부패가 빨리 일어나서 잡자마자 피를 빼고 내장을 제거하고 급속냉동을 시켜야 한다.

일본에는 등 푸른 생선의 소비가 많은데, 지방이 많아서 느끼한 반면 특유의 기름진 맛이 있다. 고등어나 전갱이, 전어 같은 것들인데, 먹을 때는 간장에 좀 더 깊게 담갔다 빼야 한다. 기름기 때문에 간장이 잘 안 묻어난다. 모든 생선은 어느 정도 숙성이 돼야 맛이 좋지만, 등 푸른 생선은 기름지기 때문에 갓 잡아도 맛이 난다.

회사에서 일하던 시절, 등 푸른 생선 세 종류를 수입했다가 유통을 기다리던 중 전멸해버린 적이 있다. 좁은 곳에 너무 많은 생선들을 담았던 탓에 산소가 부족해 생선들이 스트레스를 받아 수면 위로 거품이 부글부글 올라왔다. 미친 듯이 거품을 걷어내며 "애들아, 죽으면 안 돼!" 외쳤지만, 인간의 힘으로 할 수 없는 게 있었다. 결국 다 죽고 나서 죄책감도 남았지만, 한 마리도 못 먹어봤다는 한이 좀 더 컸다. 줄무늬전갱이(시마아지), 잿방어(간파치), 방어 등 엄청 맛있는 것들이었는데.

양식은 약품처리한다, 항생제를 너무 많이 쓴다 해서 자연산이 무조건 좋았던 시절이 있었는데 요즘은 유통이 불분명한 것들이 많아서 자연산에도 단점이 있다. 물론 도미는 자연산의 겉모습이 엄청나게 수려하다. 번쩍번쩍하면서 예쁘다. 살의 탄력도 좋다. 양식한 도미에 비해 너무 기름지지도 않고 맛이 담백하고 깔끔하다. 몸을 부지런히 움직여 쫄깃한 몸이 되었는가, 영양제만 먹고 몸을 키웠느냐의 차이겠다.

일반적으로 와사비를 확 푼 간장을 찍거나, '만능 소스'인 초장을 듬뿍 찍어 회를 먹는 분들이 많다. 쌈 채소에 쌈장을 올리고 마늘과 고추를 함께 얹어 먹기도 한다. 그러면 회맛을 음미한다기보다 그냥 뭔가 쫄깃하게 씹히는구나 정도만 느껴질 것이다. 회의 나라 일본에서는 간장을 주로 찍어 먹는다. 최근에는 소금을 찍어 먹는 방법을 사용하기도 한다. 간장의 감칠맛과 날 생선의 감칠맛이 만나면 감칠맛 자체가 상승한다. 사실 그냥 간장은 아니고 일반 간장에 미림과 술을 넣고 끓이다가 가쓰오부시를 넣고 반나절 담가놓은 후 걸러서 사용하는 회 전용 조미간장을 만들어 사용한다. 와사비는 회에 살짝 묻히는 정도. 간장에 풀어내면 향이 다 날아가버리기 때문이다.

회의 맛을 느끼려면 간장을 베이스로 하되 토핑처럼 최소한의 향신채를 곁들이면 좋다. 아무래도 날 생선이기 때문에 그냥 먹었을 때 거북스러울 수도 있다. 특히 냄새가 강한 등 푸른 생선에는 향신채가 도움이 된다. 이를테면 꽁치회에는 생강이나 파, 고등어회에는 간 마늘 정도면 어떨까. 우리나라에서는 무를 주로 접시가 풍성해 보이게 하려고 바닥에 까는데, 일본에서는 무채를 생선회에 조금 곁들여 먹는다. 소화를 돕고 소독작용도 있다고 한다. 입에 비린내를 없애 청량감을 주기도 한다.

일본에서도 복어처럼 담백한 흰 살 생선은 참기름과 소금을 섞은 장에 찍어먹는 경우가 있긴 하지만, 해동이 제대로 안 돼 셔벗처럼 설컹거리는 참치를 참기름장이나 초장에 찍어 먹고 "그래 이 맛이야!" 외친다면 그 맛은 참치의 맛일까, 기름장과 초장의 맛일까.

생선 냉동보관법

냉동한 통생선을 해동한 후 아가미, 내장을 제거하려 한다면 그것만큼 힘든 게 없다. 해동 후 살은 물러지기에 부스러지기 쉽고 내장은 물러져 터져버리면 비린내가 더 심해지기 때문이다. 조리의 연결성을 염두에 둔다면 주로 고등어, 작은 삼치 같은 생선을 통으로 냉동할 때는 아가미, 내장, 피를 제거해야 한다. 이렇게 한 후 소금을 뿌리거나 생선을 재우고 랩으로 감싼 뒤 밀폐용기에 보관하면 된다.

조리할 때는 전날 미리 냉장고로 옮겨 냉장 해동해야 한다. 상온에 두었다가 너무 녹은 것을 깜박하고 있다가 시간이 흐르면 선도가 급속도로 떨어지기 때문이다.

자른 살 생선은 간을 하거나 기름으로 버무려 코팅하거나, 간장 양념에 담가 간을 들인 후 냉동하면 보관하기도 좋고 해동 후 조리 과정으로 간편하게 이어진다.

남은 회로 만드는 콩피*

재료

남은 회 약 200g

물 500ml

소금 15g

마늘 1개

작은 건고추
(페페론치노)

레몬 슬라이스 2장

월계수잎 1장

통후추 5알

올리브유

얇게 저민 양파 5장

바질 플레이크
1작은술(선택)

1 소금물에 남은 회를 2시간 정도 담가 둔다.

2 회를 꺼내어 물기를 제거한 후 작은 냄비에 넣는다. 얇게 저민 마늘, 씨를 뺀 페페론치노, 레몬 슬라이스, 월계수잎, 통후추를 넣고 올리브유를 생선회가 잠길 정도로 붓는다. 이때 올리브유를 낭비하지 않도록 남은 회의 양을 고려하여 냄비를 선택한다.

3 약불로 가열하여 기름의 온도가 70도 정도가 되면 그 상태로 30~40분 가열한다. 시간이 되면 생선살이 익었는지 확인한다. 원

*재료를 기름에 넣고 낮은 온도로 장시간 가열하여 식감을 부드럽게 만드는 조리법.

하는 식감이 나왔는지를 알려면 먹어보는 게 빠르다.

4 얇게 저민 양파를 냄비에 넣고, 바질 플레이크가 있으면 첨가한다. 바질 플레이크를 넣으면 바질맛으로 변한다. 안 넣어도 된다.

5 냄비의 내용물이 완전히 식으면 밀폐 유리병 같은 보존용기에 옮겨 담고 3일 숙성 후 먹으면 된다.

◆ 기름에서 익힌 것과 물에서 익힌 것은 식감 자체가 완전히 다르다. 팔팔 끓여서 익힌 생선살과는 그 부드러움에서부터 많이 차이가 난다. 온도를 대략적으로라도 잘 지키는 것이 중요하다.

◆ 앞서 말한 부재료가 아니더라도 좋아하는 향신채를 넣으면 된다.

◆ 기름에 잠겨 있는 상태로 보관하면 되고 술안주로 작은 그릇에 덜어 젓가락으로 살을 떼내어 먹어도 좋다.

김치

요리가 즐거워지는

셰프의 기본 공식

웬만한 집 냉장고에 어김없이 한자리 차지하고 있는 김치. 워낙 기본적인 반찬이니 볶음밥으로나 찌개로나 알아서들 잘 활용할 것이다. 가끔은 처치곤란인 상황이 생기기도 하지만, 그래도 없으면 허전하고 있으면 든든한 게 바로 김치다.

나는 김치를 좋아하긴 하지만 없으면 밥을 못 먹는다고 할 정도는 아니다. 일본에 있을 때는 아예 먹지를 않았다. 없으면 안 먹는다는 정신으로. 그래서 지금도 직접 담가 먹지는 않는다. 실은 때가 되면 김치를 어머니가 보내주시는 덕이다. 어릴 때는 충남에 계신 할머니가 땅에 묻어놓으신 정말 맛있는 김치를 받아먹고 자랐다. 지금도 생각하면 그 아삭함이 입안에서 느껴진다. 아무래도 김치는 먹을 때의 온도가 중요한 것 같다. 상온에 둔 김치는 왠지 맛이 없다. 사람들이 많이 몰리는 상권에 있는 식당들은 반찬을 미리 그릇에 담아 놓는 경우가 많은데, 맛있게 담근 김치를 더운 날씨에 미지근하게 먹을 때면 아쉬움이 남는다.

나는 배추김치보다 알타리무김치를 좋아한다. 알타리무는 배추나 무가 낼 수 있는 식감과는 차이가 있는 독특한 식감을 가지고 있다. 지금도 라면 먹을 때 (그리고 소주 한잔할 때) 알타리무를 찾는다. 치킨과도 궁합이 맞는다고 주장하고 다닌다. 알타리무김치는 씻은 뒤 잘게 다져서 볶음의 양념으로 써도 좋다. 아스파라거스, 그린빈스 같은 채소를 볶을 때 함께 넣으면 맛이 달라진다. 더 큰 주사위 모양으로 넣어도 좋다. 기름을 두르고 은근한 불에서 오래 볶으면 볶을수록 풍미가 좋아진다. 알타리무는 일반 무보다 수분이 적어서 씹을 때 알찬 느낌이다. 작아서 부위별로 맛의 차이가 거의 없이 균일한 것도 장점.

우동 국물을 넣은 김치찜

재료

돼지고기 삼겹살 1kg

김치 1kg

우동 쓰유
(물에 희석해서 사용)

1 돼지고기는 프라이팬에 통으로 겉면만 익힌다. 구워지면서 생기는 향이 고소한 김치찜에 맛을 더해주고 잡내도 어느 정도 날려준다. 기름이 빠지면 그 기름에 김치를 지지듯이 볶는다. 김치는 기름에 볶아주면 맛이 배가되는데, 양질의 삼겹살에서 나오는 기름에 볶아진 김치는 더욱더 맛이 좋다.

2 프라이팬에 볶고 구운 돼지고기와 김치를 압력솥에 넣는다. 압력솥에서 푹 찌면 고기가 젓가락으로도 찢어질 정도로 부드럽게 익고, 김치 또한 부드럽게 익어 주욱주욱 찢어진다. 김치와 삼겹살의 2/3가 잠길 정도로 우동 국물을 붓고 취향에 따라 김치 국물을 적당히 추가한다. 압력솥의 1/2 이상 국물을 채워넣으면 뚜껑을 열 때 높아진 압력으

로 국물이 여기저기 튈 수 있으니 주의해야 한다.

3 강불에서 끓이는데 압력솥의 핀이 돌기 시작할 때 중약불로 낮추고 40~50분 이상 가열하면 완성. 한번 해보고 김치가 약간 씹히는 식감이 좋은 사람은 본인만의 가열 시간을 정하면 된다.

◆ 예전에 일본에서 아르바이트를 할 때 돌아가면서 직원 식사를 담당하곤 했다. 총 10인분의 식사를 준비할 때마다 가게 메뉴를 만드는 것보다도 어려웠다. '레퍼토리'가 없어서였다. 어느 날, 돼지고기 삼겹살이 많이 남아서 직원 식사로 사용하라는 얘기를 듣고 고민을 했다. 그러다 김치찌개가 생각났다. 내친김에 근처 마트에서 '기무치'를 사가지고 와서 조리를 하려던 찰나, 옆에 있던 '우동 쓰유를 넣으면 어떤 맛이 날까' 하는 생각이 들어 마치 오래전부터 쓰유를 활용했던 사람처럼 능숙한 척 물에 쓰유를 희석해서 넣어보았다. 맛있었다. 가쓰오부시 향이 들어간 쓰유였는데 김치 냄새에 묻혀 가쓰오부시 향은 전혀 나지 않고 감칠맛이 더해져 흰밥과 먹기에 그만이었다. 그때 이후로 한국에 돌아와서 우동집에서 일할 기회가 있었는데, 쓰유가 아닌 직접 낸 우동 국물로 김치찜을 해보니 그 맛은

더욱 좋게 느껴졌다.

사실 이 요리가 맛있을 수밖에 없는 것은 '간' 때문이다. 생각해보면 간단하다. 우동 국물은 우리가 마실 수 있는 염도의 국물이고, 마실 수 있다는 건 별다른 첨가를 하지 않고도 간이 맞는다는 말이다. 김치는 염도가 제법 되지만 돼지고기를 함께 넣으니 짜지 않게 되는 것.

◆ 돼지고기와 생선(여기서는 가쓰오부시)을 함께 쓰면 비릴 것 같지만 그건 김치에게 맡기면 된다. 김치는 웬만하면 다른 재료의 개성이 톡톡 튀게 놔두질 않는 듯하다. 오히려 김치의 감칠맛에 돼지고기의 감칠맛, 그리고 우동 국물 속 다시마의 감칠맛, 가다랑어포(가쓰오부시), 고등어포 등의 감칠맛이 함께 어우러져 복합적인 맛의 김치찜이 완성된다.

◆ 쓰유가 없을 때에는 멸치 육수나 가쓰오부시 육수를 사용하되, 육수 12~14: 미림 1: 진간장 1의 비율로 만들면 되는데, 우리 집 김치가 좀 짜다 싶으면 육수의 비율을 14로 한다. 예를 들어 종이컵 50ml를 기준으로 육수 50ml를 12번 넣었다면 나머지 미림, 진간장을 50ml씩 한 번 넣으면 된다.

육수

요리가 즐거워지는

셰프의 기본 공식

밤에 출출하고, 국수가 먹고 싶어질 때가 있다. 그런데 다른 재료는 다 있는데, 국물을 어떻게 만들어야 할지가 고민이 된다. 물에 간장, 소금 등을 넣어 국물을 만들어본다. 국수를 말아먹는다. 결국 '내가 만든 국수는 맛이 없어'라는 결론에 다다른다. 내 손맛이 잘못일까. 굳이 탓을 하자면 '물' 탓이다. 국물요리는 뭐니뭐니 해도 육수가 맛을 좌지우지한다. 육수와 물의 차이를 묻는 질문에 늘 하는 답을 여기서 하자면, "물보단 육수가 맛있잖아요."

육수는 어떻게 하면 맛이 좋아지는 걸까? 물에 재료를 듬뿍듬뿍 넣어 사용하는 것만이 방법일 거라며 별생각 없이 육수를 끓이던 20대 말의 내 모습이 생각난다. '듬뿍'은 지극히 개인적인 기준에서 '듬뿍'이므로 요리하는 나는 재료를 듬뿍 사용했다고 생각하고 조리를 하더라도 실제로는 빈약한 맛이 나올 수도 있는 것이다. 대부분의 조리에는 지켜야 할 '비율'이 있기 때문이다. 물이 많으면 거기에 맞는 비율의 재료가 들어가야 하며 비율에 못 미치거나 넘어서게 되면 맛의 밸런스가 흔들린다. 육수를 만들 때는 이렇듯 물과 재료의 비율이 중요하다. 그런데 물과 재료의 비율을 공부하기 전에 초석이 되어야 할 지식이 있는데, 그것은 '감칠맛'에 대한 이해다.

맛에는 오미(五味), 즉 단맛, 짠맛, 쓴맛, 신맛, 매운맛이 있다. 매운맛은 혀의 통증이라 하여 맛에 포함되지 않는 경우가 간혹 있지만, 맵다는 느낌을 사용하는 요리가 많으므로 매운맛 또한 다섯 가지 맛 중에 꼭 포함된다고 생각한다. 이 다섯 가지 맛 외에 최근 주목받는 맛이 등장했다. 바로 감칠맛이다.

가끔 강의하는 시간에 "감칠맛이 어떤 맛인지 표현할 수 있으신가요?" 질문을 하면 그 순간처럼 고요해지는 시간이 없을 정도로 애매한 표정과 침묵이 계속된다. 감칠맛은 오미보다 표현하기 힘든 애매한 맛이다. 내가 생각하기에는 감칠맛을 이해하기 위해선 물과 육수를 비교하면 편하지 않을까 싶다.

물은 물이다. '맛'이라는 게 느껴지지 않는다. 그리고 아무런 간을 하지 않은 육수. 이 육수를 마시면 뭔가 '맛'이 느껴진다. 이 뭔가 느껴지는 맛. 이것이 감칠맛일 것이다.

감칠맛의 효과

여러 가지 재료나 조미료들이 합쳐질 때 생겨나는 감칠맛에는 세 가지 효과가 있다.

1. 상승 효과

감칠맛 성분을 가진 각각의 재료를 두 종류 이상 섞었을 때, 감칠맛 성분이 한층 더 좋아지는 효과를 말한다. 예를 들면 다시마(글루타민산) + 가쓰오부시(이노신산) = 가쓰오부시 육수, 다시마(글루타민산) + 멸치(이노신산) = 멸치 육수, 토마토(글루타민산) + 소고기(이노신산) = 미트소스 등이 있다. 이러한 상승 효과를 극대화하기 위해선 동물성 재료의 감칠맛과 식물성 재료의 감칠맛이 만나야 한다. 이를테면 소고기뭇국은 소고기의 감칠맛과 무의 감칠맛이 합해지는 경우다.

2. 대비 효과

각기 다른 맛을 가진 두 종류의 물질을 섞었을 때, 한쪽의 맛이 훨씬 강해지는 효과를 말한다. 좀 이상해 보이지만, 아이스크림이나 수박에 소금을 살짝 뿌리면 짠맛이 느껴진다기보다는 훨씬 달게 느껴지는 현상이 있다. 혹은 육수(감칠맛)에 소금간을 하면 그 감칠맛이 훨씬 풍부해진다.

3. 억제 효과

각기 다른 맛을 가진 두 종류의 물질을 섞었을 때, 한쪽의 맛을 약화시키는 효과를 말한다. 김치를 담글 때 쓰는 소금에서도 이 효과를 찾아볼 수 있다. 배추를 절이자마자 먹어보면 짠맛만 강하지만, 시간이 지나면서 배추가 숙성되어 생겨나는 신맛과 감칠맛에 의해 짠맛이 약해지는 것도 억제 효과라 말할 수 있다. 탕수육 소스를 만들 때도 마찬가지이다. 식초가 많이 들어가도 설탕을 어느 정도 넣어주면 식초의 신맛이 많이 억제가 된다. 식초와 설탕이 서로 적당히 억제를 해줘야 우리가 원하는 새콤달콤한 탕수육 소스의 맛이 된다.

육수의 거품은 '진국'?

찬물에 재료를 넣고 가열하면 보글보글 끓어오르면서 거품이 떠오르기 시작한다. 이렇게 처음에 떠오르는 거품은 재료에서부터 나오는 경우가 많은데, 그래도 '진국'이라기보단 '불필요한 요소'일 경우가 많다.

반찬가게를 할 때였다. 건표고조림 반찬을 만들고 있었다. 건표고 50장 정도를 씻고 불린 다음 불에 앉히고는 잠시 딴 일을 했는데, 세탁기에 세제를 잘못 풀어 거품이 엄청나게 불어난 것처럼 거무튀튀한 거품이 냄비 1.5배 높이까지 올라와 있었다. 이렇듯 재료를 물에 넣고 가열하게 되면 진액이 나오기 전단계에 불필요한 요소들이 나오게 되어 있다. 이게 거품이다.

특히 매운탕을 끓일 때 거품이 많이 생긴다. 매운탕은 보통 육수 + 서덜(흔히 '서더리'라고 하며 살을 발라내고 남은 부분이자 서더리매운탕의 주 재료) + 양념 + 향신채(대파, 쑥갓 등)의 조합으로 끓이는데, 특징이라면 '매운탕 육수'는 즉석에서 '뽑는다'는 점이다. 그렇기 때문에 식탁 위의 '부루스타' 불 조절과 가열 시간이 적절

해야 하는데 요리가 익숙지 않고 요리를 할 필요가 없는 손님들은 맹탕인 매운탕을 먹기 일쑤다. 이렇게 매운탕을 끓이는 과정에서 생기는 거품은 생선의 손질이 제대로 안 되어 있을 때 심해진다. 비늘과 껍질 부분의 '점액질'이 주된 요인이기 때문이다. 뼈와 내장에 남아 있는 생선의 핏기 또한 거무튀튀한 거품으로 변한다.

예전에 한식집에서 이런 얘기를 들었다. "요리할 때 떠오르는 거품 또한 맛의 일부분이기에 우리 집은 거품을 많이 제거하지 않습니다." 물론 거품도 재료에서 나오는 요소이기에 맛의 일부분임에는 틀림없다. 중요한 것은 (분명히 경험해본 바에 의하면) 처음 떠오르는 거품은 깨끗이, 꼼꼼하게 제거해야 순수하며 잡미가 없는 육수가 된다는 것이다. 그리고 지저분한 거품이 그득한 국물요리는 그리 먹고 싶은 모양새도 아니다.

보통 육수는 찬물에서부터 우려내는 것이 일반적인 방법이다. 가열 후 끓기 시작하면 거품이 떠오른다. 이때 꼼꼼히 걷어준다. 이 순간이 완성된 육수 전체의 맛과 풍미를 좌우하는 단계라고 생각한다. 거품만을 걷어낸다고 생각해야 한다. 거품과 함께 육수를 너무 많이 퍼내면 나중에 양이 많이 부족해진다. 그렇다고 거품을 깨끗이 걷어내야 한다는 일념하에 계속해서 생겨나는 거품과 기름기를 모두 제거하다보면 감칠맛의 성분까지 모조리

걷어내 육수의 풍미와 맛이 약해질 수도 있다. 특히 닭고기 육수를 뽑을 때 떠오르는 거품과 기름을 처음부터 끝까지 계속해서 건져내버리면 닭고기 특유의 좋은 향과 맛이 많이 부족한 육수가 된다.

모든 육수에 사용할 수 있는 방법은 아니지만 알아두면 유용한 팁. 육수를 끓일 때 다시마를 첨가하는 것이다. 다시마를 찬물에 넣고 다른 재료와 함께 끓이면 다시마에서 감칠맛도 나오게 되며 끓으면서 생기는 다시마의 점액질이 거품을 한곳으로 뭉치게 해주어 거품을 걷어내기도 쉬워진다. 닭고기 육수, 생선 육수를 만들 때 모두 활용할 수 있다.

육수 뽑기의 기본

주방에선 육수를 '뽑는다'라는 표현을 많이 사용하는데, 육수 만들기에서는 재료의 '엑기스', 즉 진액만을 뽑아내는 과정이 가장 중요하기 때문이 아닐까 싶다.

오래 끓인다고 해서 깊고 진한 맛의 육수가 되는 건 아니다. 가열 온도가 너무 높아 육수가 격렬하게 바글바글 끓으면 재료에서 진액이 빠지기도 전에 물이 빨리 증발하기 때문에 국물이 졸아들어 밑에 깔린 재료가 눌어서 타버릴 수 있다. 그러면 그 육수는 죽은 육수가 된다. 탄내는 물을 더하거나 재료를 더하거나 어떤 수단을 쓴다 하더라도 돌이킬 수 없다. 반대로 온도가 너무 낮으면? 맛이 우러나오지 않고 단지 국물에 재료가 잠겨 있는 상태가 될 수 있다.

육수를 끓일 때는 뚜껑을 덮지 말아야 한다. 특히 생선 육수의 경우 뚜껑을 덮고 육수를 끓이게 되면 잡미가 날아가지 않고 다시 육수 속으로 녹아들어 깔끔하지 못한 맛과 비린내가 날 수 있기 때문이다. 뚜껑을 덮지 않고 가열하여 특유의 냄새는 날리고 육수의 물이 졸아드는 것을 눈으로 확인하면서 '양이 이 정도 줄면 이런 맛이 나는구나'를 체크해보는 것도 좋겠다.

멸치 육수

재료

물 2L

국물용 말린 멸치 60g(5cm 정도)

다시마 10g

멸치는 잡아서 바로 말린 것과 잡은 생멸치를 쪄서 말린 것이 있는데, 쪄서 말린 것을 준비한다. 생선은 열에 의해 익게 되면 눈이 하얗게 된다. 쪄서 말린 것도 눈이 하얗게 익어 있다. 잡아서 날것의 멸치를 말린 것은 건조상태에 따라 국물의 풍미를 떨어뜨릴 수도 있고 잡내가 날 수도 있으니 깔끔한 육수용으로는 그다지 어울리지 않는다. (일본에서는 멸치를 '니보시'라고 하는데, 쪄서 말린다는 뜻이다.)

1 멸치를 손질한다. 소금과 국간장으로 연한 간을 하여 깔끔한 국물의 풍미를 최대한 살리고 싶을 때는 잡내가 날 수 있는 머리와 내장을 떼어내고, 된장처럼 개성이 강한 향과 맛을 가지고 있는 양념을 넣을 때는 머리

와 내장을 떼어내지 않아도 괜찮을 것 같다. 나는 우동이나 소면 같은 국물에는 머리와 내장을 제거하고, 된장국이나 조림용 육수는 멸치를 통으로 넣어 육수를 뽑는다.

2 손질한 멸치를 씻는다. 멸치를 말리는 과정에서 붙은 먼지와 각종 이물질과 몸통에 남아 있는 비늘 등을 씻어내기 위함이다. 단 흐르는 물에 계속해서 헹구는 것이 아니라 듬뿍 받아놓은 물에 넣어 씻어올려야 멸치의 맛이 덜 빠진다. 다시마는 젖은 행주로 표면의 이물질을 닦아준다.

3 냄비에 물, 멸치, 다시마를 넣고 4시간 이상 불린다. 멸치를 불려서 가열하지 않고 계속 불려 우러난 맛을 사용하려면 한나절 이상 물에 담가야 한다. 여름같은 무더운 날씨에 물에 불릴 때는 볼째 냉장고에 넣어 변질을 방지하는 게 안전하다.

4 3을 가열한다. 끓기 시작하면 떠오르는

거품을 깨끗이 제거한 후 불을 끈다.

5 물에 적신 후 꽉 짠 면포를 깨끗한 체에 깔고 4를 조심스레 걸러준다. (끓이지 않은 3을 그냥 거르기만 해도 되는데, 잡내가 덜하며 산뜻한 맛이 난다.)

◆ 예전 가게를 할 때 한여름의 더운 날씨에 멸치 육수를 냉장고에 넣어두지 않고 퇴근해 다음날 다 쉬어버린 적이 있다. 멸치 육수를 보관하는 것도 문제였지만, 멸치 자체의 보관법에도 문제가 있었다는 사실을 그때 알게 되었다. 멸치를 상온에 보관하는 분들이 많은데 멸치의 머리와 내장에 지방성분이 있기 때문에 더운 날씨와 습기에 오래두면 멸치의 지방성분이 산화되어 변질되고 빨리 상할 수 있다.

◆ 국물을 거르는 면포를 구비해두면 찌꺼기 없이 사용할 수 있어 편리하다. 이런 면포를 사용할 때에는 세제로 빨지 않고 사용하고 나서 즉시 물에 비벼 빨아 묻은 찌꺼기를 깨끗이 떨어내고 물기를 짜서 말려놓는다. 그리고 사용할 때는 물에 적신 다음 꽉 짜내야 한다. 그러지 않으면 육수 색이 면포에 물들어 맛에도 영향을 끼친다.

다시마 육수

재료
물 2L
다시마 60g

물에 젖은 행주로 닦은 다시마를 넣고 최소 6시간 불려 다시마의 감칠맛을 충분히 뺀 육수다. 다시마는 찬물에서도 감칠맛 성분이 우러나기 때문에 시간만 충분히 지키면 완성된다. 이 육수는 다시마만으로 물을 육수로 변신시켜야 하기에 들어가는 다시마의 양이 생각보다 많다.

두부를 따뜻하게 데워 먹을 때도 이 다시마 육수에 두부를 넣어 천천히 끓여 두부 속까지 따뜻하게 해서 먹으면 물로 데울 때와는 완전히 다른 맛이 탄생한다.

다시마 육수는 채식주의자들에게 추천한다. 절 음식에서도 맛을 보충하기 위해 채소를 기름에 볶아 감칠맛을 더하고 고소한 참

기름으로 재료를 무치거나 버섯의 감칠맛으로 육수를 뽑는 등 맛을 보충한 채식 요리가 많다. 동물성 재료를 빼고 끓이는 국물요리에는 다시마의 감칠맛이 풍부하게 녹아 있는 육수를 사용해 부족한 '맛'을 보충할 수 있다.

닭고기 육수

재료

물 4L

다시마 20g

닭뼈 2마리분

대파의 파란 부분 2줄기

쓰다 남은 무 조각

1 조리용 볼에 닭뼈를 넣고 끓인 물을 닭뼈에 천천히 그리고 골고루 끼얹는다. 뜨거운 물을 부으면 닭뼈에 붙은 피 등이 굳게 되고 점액질 등은 떨어져나간다. 20초 정도 놔두었다 찬물로 옮긴 후 식으면 구석구석 깨끗하게 씻는다. 닭껍질에 붙은 불순물, 불필요한 기름기 등을 떨어낸다.

2 이렇게 씻은 뼈를 커다란 냄비에 담고 분량의 물과 다시마, 그리고 무와 파를 위에 올린 후 가열을 시작한다.

3 끓기 시작하면 검은 거품이 뜨고 불순물들이 올라오는데, 다시마의 진액도 함께 나와 거품을 모아준다. 꼼꼼하게 이 거품을 걷어주면 어느 순간 검은 거품은 사라지게

된다. 거품은 재료를 끓이고 있는 동안은 아주 조금이라도 계속해서 올라오므로 완벽하게 거품을 제거하려고 하다보면 국물이 다 없어져버릴지도 모른다. 1차로 거품을 제거한 후 불을 줄여 천천히 보글보글 끓어오를 정도로 맞춘다.

4 대파의 잎 부분 색이 투명해지고 부드럽게 익으면 건져내고, 무는 이쑤시개 같은 것으로 중심부를 찔러 '쑤욱' 하고 들어갈 정도로 익으면 건져낸다. 채소를 계속해서 육수의 완성단계까지 함께 넣고 끓이게 되면 녹아 부서진 찌꺼기로 인해 육수가 많이 탁해지며 이렇게 진하게 채소 진액이 들어간 육수는 빨리 상할 수 있으므로 필요한 맛만 뽑아낸 후 건져내는 게 좋다.

5 채소까지 건졌다면 이제부터는 충분히 닭의 맛을 우려내야 한다. 보통은 국물이 반으로 줄어들 때까지 육수를 뽑는다. 살이 없는 뼈로 육수를 내기 때문에 맛도 빨리 우러

나오지 않을뿐더러 뼈만으로 뽑은 육수는 아무래도 감칠맛이 부족하기에 국물을 졸여 응축시키는 것이다.

6 맛을 확인한 후 다른 육수와 마찬가지로 면포에 걸러주면 된다.

◆ 집에서 닭고기 육수를 뽑는다는 것은 쉽지 않은 일이다. 그래서 고형이나 과립형태의 조미료가 많이 나와 있다. 닭고기 육수는 사실 손질된 통닭을 삶아서 국물을 우려내야 살에서 나오는 맛과 뼈에서 우러나오는 맛이 복잡하게 어우러져 풍부한 맛의 육수가 완성된다고 생각한다. 큰 솥에 대량의 닭고기를 넣고 끓일 때 나오는 진한 고기 육수가 전문점의 맛을 완성시킨다. 다시 말하면 가정에서 한 마리를 삶아 만든 닭고기 육수보다는 100마리를 삶아 만든 닭고기 육수의 맛이 진하고 복잡하다는 말이다. 이렇게 육수는 소량으로 만들 경우에는 맛이 우러나오기 전에 국물이 졸아버릴 수도 있고, 우여곡절 끝에 육수가 완성되더라도 시간에 비해 효율이 떨어지고 양과 맛도 충분치 못할 수 있다는 점을 염두에 둬야 한다.

◆ 닭뼈는 재래시장에 가면 살만 발라낸 통닭뼈를 구입할 수 있다. 육수는 푹 고아서 만들기 때문

에 덜 신선해도 관계없다고 생각할 수도 있겠지만, 육수의 생명은 재료의 신선도에 있다. 한번 신선도가 떨어진 재료는 오래 끓인다 하더라도 나아지지 않는다. 남은 채소를 육수에 넣을 때에도 보관이 잘된 것을 보태는 게 좋다.

기름

요리가 즐거워지는
셰프의 기본 공식

예전에는 콩기름이라고 적혀 있는 식용유가 대부분이었는데, 요즈음엔 종류가 다양해졌다. 해바라기씨, 콩, 옥수수, 카놀라, 포도씨, 올리브, 깨, 땅콩, 호두까지. 요리에 따라 알맞은 식용유를 고르는 일도 고민스러워진다. 그럴 때 기본적으로 기억하면 좋을 것이 있다.

향이 있는 기름과 향이 없는 기름. 이렇게 크게 두 가지로 분류를 한다. 그리고 내가 해먹을 요리들이 특정한 기름 향에 어울리느냐 그러지 않느냐를 먼저 생각해보면 선택은 비교적 간단해진다. 식용유는 맛으로는 나눌 수 없다. 아무 맛이 없기 때문이다.

향이 있는 기름의 대표로는 올리브유를 들 수 있다. 예를 들어, 도라지나 더덕을 올리브유로 무친다면? 도라지올리브유무침. 직접 만들어보진 않았지만 뭔가 이름만으로 향이 센 것들이 부딪히는 느낌이 든다. (의외로 만들었을 때 맛있을지도 모르겠지만.) 원재료의 향을 살리고 싶을 때는 이렇듯 개성 강한 기름은 오히려 원재료를 압도할 수도 있어 주의가 필요하다. 능숙하게 선택

하려면 직접 다양한 종류의 기름을 사용해보고 맘에 드는 브랜드와 가격을 숙지하는 방법이 좋을 것 같다.

식용유의 활용방법 중 대표적인 것이 볶음이다. 채소나 고기를 볶을 때 식용유를 적당량 넣고 볶는 것이 일반적인데, 특히 채소를 볶을 때 기름을 넣으면 여러 가지 효과를 볼 수 있다.

첫째, 기름은 '맛'에 기여를 한다. 기름 자체에는 맛이 없지만 기름이 풍미를 더해주기 때문에 너무 담백하기만 할 수 있는 채소볶음에 플러스알파가 되어준다.

둘째, 채소의 표면이 기름으로 코팅이 된 채로 익으면서 잘 부서지지 않게 된다. 다시 말해 요리가 본인 의도대로, 처음 자른 그대로 완성된다는 말이다. 어떤 요리는 처음에 채소를 기름에 볶다가 소량의 육수를 넣고 조리곤 하는데, 기름에 볶지 않고 바로 육수를 부으면 어떻게 될까. 한마디로 완성도가 다르다. 볶은 후 육수 넣고 끓이면 재료가 덜 부서진다.

다음은 튀김이다. 일반적으로 튀김이라 함은 재료가 잠길 정도의 넉넉한 기름에서 가열하는 방법을 가리킨다. 재료가 1/3 정도 잠길 정도로 하여 가열 조리한 것은 기름을 넉넉히 사용했다고 해도 일반적인 '튀김'이라 할 수는 없을 것 같다. 튀김은 뜨거운 기름 속에서 재료가 익어가면서 수분이 날아가고, 익고 나서는 얼마나 적절하게 수분을 남긴 상태로 완성을 시키느냐가 관건이다. 익은 상태에서 재료에 남은 수분은 식감과 밀접한 연관이 있다. 불필요한 수분을 날려주면서 익히고, 익히고 나서는 맛있는 수분을 남기는 튀김, 정말 쉽지 않다. 튀김용 기름을 선택할 때는 기름의 발연점(재료에서 연기가 나고 타기 시작하는 시점)을 아는 게 중요하다. 발연점이 낮은 기름들은 금방 타기 때문에 좋지 않은 풍미가 나기도 하고, 탔을 때 몸에 이롭지 않은 유해성분도 생긴다. 튀김으로 쓰기엔 부적합하다고 볼 수 있다.

이외에 가열하지 않고 바로 사용하는 기름이 있다. 발연점이 낮은 기름들이 이렇게 활용된다. 무침요리의 마지막 단계에 참기름을 조금 넣거나, 엑스트라 버진 올리브유로 샐러드 드레싱을 만들거나 한다. 이 기름들은 향을 더하는 역할을 맡고 있기 때문에 처음부터 넣고 무치는 것보다는 식탁에 내기 직전에 한 바퀴 둘러주면 식욕이 확 당긴다.

그 밖에 기름은 어떻게 쓰일 수 있을까. '조리 도구'로서도 한몫을 단단히 한다. 이건 대단한 것은 아니고, 흔히 사용하는 방법이다. 완자를 빚을 때 손에 들러붙지 말라고 식용유를 조금 손바닥에 바르고 또한 불고기나 제육볶음처럼 미리 양념해놓은 고기를 약간의 식용유로 가볍게 버무려놓으면 고기 표면에 기름막이 생겨 양념과 고기가 마르지 않는 효과를 볼 수 있다.

마지막으로 은행, 깐 밤, 주사위 모양으로 썬 감자나 고구마를 물에 삶을 때 뚜껑이 없다? 그럴 때 물 표면 위에 식용유를 적당히 부어 약불에서 가열하게 되면 즉석 기름막 뚜껑이 된다.

기름 살리기 혹은 버리기

찬장 한구석에 있는 기름병. 집에서 요리를 잘 안 하다보면 늘 유통기한이 지나서 버리기 일쑤다. 요리를 자주 하더라도 튀김을 하고 나면 남은 기름의 양이 만만치 않다.

일전에 주부들을 대상으로 하는 수업에서 튀김을 하고 난 기름을 어떻게 처리하는지 수강생들에게 물어봤는데, 대부분 그냥 싱크대에 버린다고 했다. 그런데 뜨거운 기름을 싱크대에 붓게 되면 싱크대 호스가 낙후되었을 경우 녹아버릴 수 있는 데다, 알다시피 환경오염이 된다.

튀김요리를 하고자 맘을 먹었다면 기름만 따로 보관할 수 있는 전용 용기인 오일포트를 추천한다. 이걸로 철저히 보관한다면 나중에 다시 튀김을 할 때 새 기름을 조금만 보충해주면 몇 번이고 재활용할 수 있다. 오일포트는 1.5L 이상이 적당하다.

튀김옷을 입혀 튀김을 한 경우, 재료에서 떨어져나간 튀김옷이나 양념들은 제때 건져주지 않으면 계속해서 그 뜨거운 기름 속에 머물다 나중에는 타게 된다. 그렇기 때문에 조리 중에는 촘촘한 체로 찌꺼기들을 깨끗이 건져내고, 튀김이 끝나면 뜨거운 기름을 잠시 식힌 후 거름망(보통 오일포트에는 거름망이 뚜껑처럼 달려 있다)에 기름을 부어 걸러주어야 한다. 기름이 차갑게 식으면 되직하고 잘 흐르지 않는 상태가 되니 튀김 부스러기, 탄 찌꺼기 등은 기름이 뜨거운 상태일 때 건져야 쉽게 건질 수 있다. 그다음 열을 빼고 뚜껑을 닫아 산소와 차단시켜 서늘하고 어두운 곳에 보관한다. 모든 과정은 '기름의 산화'를 막기 위함이다.

기름 색이 검게 변했다거나 풍미가 많이 달라지고 기름 찌든 냄새가 난다면 폐유가 된 것이다. 요즘 아파트에는 폐유수거함이 따로 있다. 그곳에 폐유를 버리면 된다. 아파트에 살지 않는다면 기름응고제를 사용하면 된다. 폐유에 응고제를 넣으면 몇 시간 후 고체 형태로 굳는데, 이것을 종이에 싸서 일반쓰레기로 버리는 것이다. 모아두기에도 애매한 양의 기름이라면 키친타월 혹은 종이에 흡수시킨 후 튀김 냄비의 기름도 깨끗이 닦아내어 역시 일반쓰레기로 처리한다.

기름의 가장 큰 적은 '산화'라는 것, 산화는 개봉하면서부터 시작된다는 것을 기억해두자.

소금과 설탕

요리가 즐거워지는

셰프의 기본 공식

소금의 요모조모 쓸모

아무리 부엌 살림이 간단해도 소금 없는 집은 없다. 간 맞추는 소금, 그 활용법을 모르는 분은 없을 거라고 생각한다. 간단한 팁 하나만 전하자면, 굵은 소금을 그대로 쓰지 않고 절구에 빻아서 써보자. 개인적으로 짠맛은 꼭 필요하지만 입에 오래 남으면 안 된다고 생각하기 때문이다. 그러니 입자를 작게 해서 요리에도 골고루 잘 스며들게 하고 입안에 들어가서도 한순간 쫙 퍼지게 하는 것이다.

간 맞추기 말고 소금의 다른 용도를 알아보자. 소금은 알고 보면 이래저래 쓸모가 많다. 김장을 할 때 배추를 소금에 절이는데, 소금이 배추의 수분을 빼내고 김치를 오래가게 만드는 일명 탈수 효과와 방부 효과가 있다는 건 다들 많이 알고 있다. 그런데 맛의 측면에서 보자면, 소금은 김치를 짭짤하게 간 맞추려고 한다기보다 배추를 절이면서 감칠맛을 배가시키는 데 중요한 의의가 있다. 알다시피 배추에 소금을 뿌리면 우선 배추의 수분이 밖으로 빠지게 되는데, 이때 날배추의 풋내도 빠지게 되며, 감칠맛도 응축이 되는 것이다. 또한 소금절임만의 독특한 식감도 함께 탄생하게 된다. 절인 배추와 생배추, 절인 오이와 생오이의 식감 차이가 어떤지 생각해보면 감이 잡힐 것이다.

생선구이에 소금을 뿌리는 것도 배추절임과 기본적으로 같다고 생각하면 된다. 탈수가 일어나면서 생선 표면에 수분이 맺히는데, 이 수분은 생선 체내의 수분이 빠져나오는 것이다. 우리가 흔히 말하는 '비린내'와 관계가 깊은 수분이다. 그러니 소금을 뿌려 적당히 생선의 수분을 빼면 비린내는 빠지고 살은 수축이 되어 좀 더 단단한 상태가 된다. 그래서 굽기 전의 간고등어가 생고등어보다 살이 단단한 것이다. 소금을 쳐놓은 생선과 그렇지 않은 생선은 구울 때 차이가 많이 난다. 소금을 치지 않은 생선은 살이 잘 부서지기 때문에 뒤집는 것도 힘이 들 때가 많다. 또한 소금을 쳐서 구운 생선이 먹음직하게 노릇노릇한 색깔로 익게 된다.

면과 빵에 소금을 넣는 것도, 밀가루에 적당량의 소금을 뿌려 물을 넣고 치대면 글루텐이 쉽게 형성되는 효과가 있기 때문이다. 또한 생선 어묵과 햄버거 패티처럼 다짐육을 반죽할 때도 소금을 넣는데, 소금 없이 반죽을 하면 잘 뭉쳐지지 않는다.

맛소금은 MSG를 섞은 것이다. 그래서 감칠맛이 난다. 예전에 맛소금을 집에서 만들어보기도 했다. 다시마 육수에 소금을 충분히 넣고 물기가 완전히 없어져서 다시 소금이 될 때까지 약불에서 나무주걱으로 계속 휘젓는다. 그렇게 다시마의 감칠맛이 소금에 완전히 배었을 때 절구에 담아 곱게 빻는다. 적어놓고 보니 몇 줄 설명뿐이라 간단하다고 생각할지 모르지만 다시마 불리는 것까지 하면 한나절은 시간을 보내야 했다. 한마디로 집에서 염전을 만드는 것이라 생각하면 되는데, 시간은 많은데 무언가에 아무 생각 없이 몰두하고 싶을 때 도전해볼 만하다. 그렇게 고생해서 만든 만큼 맛도 좋은 맛소금이다. 삶은 달걀을 찍어먹으면 아주 맛있다.

설탕의 숨겨진 능력

설탕은 보통 봉지 한 귀퉁이를 잘라내서 보관하거나 통에 덜어서 쓰는데, 밀폐되지 않은 설탕은 눅눅하게 덩어리져 있다. 설탕은 수분을 흡수하는 성질을 가지고 있기 때문이다. 이런 걸 물과 친한 친수성(親水性)이라고 하는데, 그렇기 때문에 소금보다 더 물에 잘 녹기도 하는 것이다. 단맛을 내는 역할만 하는 줄 알았던 설탕의 덜 알려진 능력을 알아보자.

우선, 설탕 또한 소금처럼 탈수 작용을 일으키는데, 소금과는 달리 맛을 들이지 않고 탈수를 돕는 역할을 한다. 이 설탕의 탈수 작용을 이용하여 주로 '연어 마리네이드'를 하는데, 몇 년 전만 해도 설탕을 사용하지 않고 소금만으로 살짝 절여 사용했다. 부끄러운 얘기지만 공부를 하기 전에는 설탕의 탈수 작용이라는 것은 전혀 몰랐고, 책에 소금과 설탕을 반반씩 섞어 연어에 묻혀놓는 것을 보고는 '아 이렇게 하면 맛있어지나보다' 생각했다. 그런데 직접 해보니, 연어 마리네이드의 상태가 소금만을 사용했을 때보다 훨씬 좋았던 것이다. 연어의 잡미가 적당히 빠지고 육질도 적당히 탄력을 가지고 있었으며 살의 색과 맛 또한 훌륭했다. 연어를 이렇게 탈수시키는 이유는 연어(특히 노르웨이산)에는 독특한 살 냄새가 있어서다. 물론 손질 후 바로 생식을 하는 곳도 있지만 탈수시키면 맛과 풍미를 더욱 좋게 할 수 있다. 특히 설탕과 소금을 섞어 절이면 강한 짠맛이 나는 것을 방지해주며 연어 살의 부드러운 식감을 살려준다.

그런데 여기서 알아두어야 할 상식은 설탕의 분자 크기는 소금보다 크다는 것이다. (약 6배 정도 크다고 한다.) 이 때문에 '설탕의 단맛'이 재료에 침투하기까지는 '소금의 짠맛'보다 시간이 더 걸린다. 단맛 조미료를 먼저 넣고 짠맛 조미료를 나중에 넣는 것과 같은 이치다. 그래서 설탕을 뿌려 생선을 절이면 달콤한 생선절임이 탄생할 것 같지만 단시간에는 맛이 스며들지 않는다. 그와 반대로 소금은 침투 속도가 빠르기 때문에 소금만을 뿌려 연어를 절일 때 시간을 초과하게 되면 맛이 짜질 수가 있고, 열을 가하지 않고 생식하는 생선의 식감으론 너무 퍽퍽해져버릴 수 있기에 주의를 기울여야 한다.

6시간 이상 절여놓은 연어는 연어 자체에서 상당량의 수분이 빠져나와 특유의 냄새는 사라지고 식감은 쫀득해진다. 한번은 연어를 절여놓은 것을 깜박하고 그냥 퇴근해서 그다음 날이 되어서야 확인을 하게 되었다. 6시간 절인 것과 12시간 이상 절인 것의 상태는 크게 달라진 게 없었다. 하지만 그 이상의 시간이 경과되면 식감은 더 단단해지고 짠맛은 더 강해졌을 것이다. 이렇게 절인 연어는 흐르는 찬물에 깨끗이 씻어 빠져나온 수분과 남아 있는 설탕, 소금을 깨끗이 씻어내고 물기를 제거 후 바로 생식해도 좋고, 2차로 마리네이드하여 다양한 요리에 활용할 수 있다.

설탕은 물을 지켜주는 성질, 즉 보수성(保水性)도 있다. 어떤 식재료에 설탕을 넣어 조리하게 되면 설탕이 식재료의 수분을 보호해주므로 완성 상태가 퍽퍽하지 않고 부드럽고 촉촉하게 유지된다. 탈수와 보수를 동시에 하는 설탕이라니, 얼핏 이해가 잘 안 갈 수도 있지만, 두 작용이 동시에 일어나는 건 아니고, 탈수가 먼저 생기고 나서 보수가 되는 것이다.

양식 요리사들의 관문처럼 여겨지는 '달걀흰자의 거품(머랭) 치기'를 할 때 설탕을 넣는 것도 이 보수성을 이용하기 위해서이다. 설탕이 흰자 거품의 수분을 흡수해서 수분이 적은 기포를 만들어준다. 그 기포들이 뭉치게 되어 거품이 꺼지지 않고 형태를 갖춘 상태를 유지할 수 있는 것이다.

초밥을 예로 들어보면 밥을 지어 식초, 설탕, 소금을 배합한 촛물을 섞으면 보통의 초밥용 밥을 만들 수 있다. 이 배합초에 들어간 설탕의 역할을 짐작해보자. 밥의 표면과 속의 수분을 보호해주어 촉촉한 초밥을 만들어준다. 일본식 달걀말이에 들어가는 설탕 역시 달달한 맛을 내는 역할을 하는 동시에, 수분을 머금은 촉촉함을 살리기 위함이기도 하다.

소금과 설탕으로 만드는

고등어 초절임

재료

소금 100g(절임용)

설탕 100g(절임용)

고등어 필레 2덩이

흑초 200ml

현미식초 250ml

물 150ml

국간장 1작은술

설탕 2큰술

다시마 2장(고등어 길이 정도)

페페론치노 4개

신선한 고등어를 살 때 '세 장 뜨기' 해달라고 한다. 살이 부서지지 않게 정성스레 포장해온 고등어 필레를 펼쳐놓고 작업을 시작한다.

1 설탕과 소금을 1:1로 섞는다. 고등어 필레에 설탕과 소금 섞은 것을 앞뒤로 듬뿍 묻혀놓는다. 그러면 고등어의 수분이 빠지면서 수분에 포함된 비릿한 맛도 함께 빠져나간다. 소금만을 사용했을 경우 생선살에 강한 짠맛이 배어들거나 생선살이 너무 단단해지는 경우도 있는데 이때 설탕이 회의 부드러운 식감을 지켜준다. 앞에서 말한 설탕의 보수 효과다. 이것이 설탕을 사용하는 가장 큰 이유라고 할 수 있다.

2　설탕과 소금으로 버무려놓은 고등어를 평평한 조리용 바트에 넣고, 고등어에서 빠지는 물이 고이지 않고 흘러내릴 수 있도록 15도 정도 기울인 채로 냉장고에 2시간 넣어 둔다. 아무래도 실온보다는 냉장고 안이 안전하다. 2시간 후 흐르는 물에 고등어를 살살 씻어 묻어 있는 소금과 설탕을 떨어내고 깨끗한 행주로 물기를 닦아낸다.

3　다음으로 식초에 절여야 하는데, 흑초를 함께 사용해서 만들려고 한다. 흑초는 일반 식초보다 자극적이지 않아 요즘 많이 애용한다. 흑초, 현미식초, 물, 국간장, 설탕을 고루 섞은 후 고등어를 잠기게 담가 30분 놓아둔 다음 건져 체에 밭쳐놓는다. 이 과정에서도 고등어는 실온보다는 냉장고에 두는 게 좋다.

4　고등어 표면의 식촛물이 빠지면 생선살에 박혀 있는 가시를 가시 빼기 전용 핀셋으로 뽑아낸 다음, 또 맛있게 하는 작업을 한

번 더 해야 한다. 다시마는 깨끗한 젖은 행주로 표면의 이물질을 닦아낸다. 페페론치노는 씻은 후 물기를 제거하고 꼭지를 잘라 씨도 제거하고 가위로 동글동글하게 얇게 잘라 다시마 위에 고루 뿌린다. 그러고 나서 생선살을 밑으로 가게 하여 다시마 위에 얹어 놓고, 또 하나의 고등어 필레를 껍질과 껍질이 닿게 놓고 살 위에 다시마 한 장을 또 얹어 다시마절임을 한다. 냉장고에 넣어 3시간 이상 놓아두면 다시마의 감칠맛과 향이 고등어로 옮겨간다. 이렇게 긴 과정을 거쳐 고등어회, 고등어초절임, 시메사바가 드디어 완성된다.

5 먹을 때는 고등어 껍질 쪽의 얇은 막을 벗겨내고 적당한 크기로 잘라 취향에 맞게 간생강과 쪽파, 그리고 와사비를 곁들여 간장과 함께하면 된다. 집에서 만들기 복잡하고 번거로운 방법이긴 하지만 한번 만들어 두면 혼자서 술 한잔 홀짝일 때 더 없이 좋은 친구가 되니 계속 만들게 된다.

◆ 사실 일반적인 이자카야에서 등장하는 고등어회는 이름처럼 살아 있는 고등어를 바로 잡아 회를 뜬 것이 아니고 '절여서' 만든 것이 많다. 그렇게 한번 절이면 고등어의 강한 개성이 약해져 거부감이 없어진다. 그런데 살아 있는 상태가 아닌 고등어는 살이 물러지며 부패하는 속도가 다른 생선들보다 비교적 빨라서 예민한 사람이 선도가 조금 떨어진 고등어를 먹었을 때는 알레르기 반응이 나타날 수 있으니 항상 주의해야 한다.

간장과 된장

요리가 즐거워지는

셰프의 기본 공식

소금으로 간을 잡고
간장으로 맛을 더한다

간장은 그 맛을 정의하기가 참 어렵다. 집에서 만들어 쓰는 간장, 시중에서 판매하는 간장 등은 각각의 염도와 향이 천차만별이다. 일반적으로 우리가 '간장'이라고 했을 때 떠오르는 그것이 음식에서 어떤 역할을 하는지에 대해서 알아보자.

간장도 재료의 감칠맛을 이끌어주는 역할을 한다. 간장에 함유되어 있는 다수의 아미노산이 재료에 포함되어 있는 감칠맛과 만나면 상승 효과를 일으키는 것이다. 우리는 실제 식단에서 간장과 재료의 컬래버레이션을 흔히 접하며 살고 있다. 일례로 회에 간장을 찍는 그 순간에도 사실 여러 효과가 함께 일어난다.

첫째. 당연한 말이지만, 맛이 좋아진다. 생선회에 포함된 이노신산과 간장 속 다수의 아미노산 성분이 만나 상승 효과를 일으켜 회가 맛있게 느껴지는 것이다. 잘 숙성되어 이노신산이 증가된 회의 경우라면, 씹을 때마다 맛이 더 풍부해짐을 느낄 수 있다.

둘째. 살균을 해준다. 깨끗한 환경에서 조리한 회를 먹는 것이 당연하지만, 그렇다 해도 생식에는 균에 의한 감염이라는 위험성이 늘 따라다닌다는 점을 염두에 둔다면 간장을 항상 챙기지 않을까. (간장 외에 무, 와사비 등을 함께 먹어도 살균 효과가 있다.)

셋째. 냄새를 없애준다. 회에는 각 생선이 지니고 있는 향이 있다. 이런 향은 먹는 사람에 따라서는 거부감이 들 수도 있다. 특히 등 푸른 생선의 회는 개성 강한 향이 나는데, 이런 향을 간장이 약하게 해주어 먹기 좋게 만들어준다.

시중에 나와 있는 간장은 이름이 참 다양하게 붙어 있어서 나열하기도 어렵다. 각기 맛과 향에 조금씩 차이가 있는 듯하다. 기억해두면 좋을 기본적인 두 가지만 소개한다.

첫번째로 진간장. 가장 일반적인 간장이다. 레시피에 '간장'이라고 표기되어 있는 것은 대부분이 이 진간장일 것이다. 원료는 대두이다. 혹은 기름을 뺀 탈지대두를 사용하여 밀가루, 염수를 섞어 발효와 숙성을 거쳐 만든다. 색이 검고 진하며 염도는 18% 정도로 표기되어 있다. 많이 넣으면 간장의 색이 요리 전체의 색을 지배할 정도로 진해진다.

두번째로 국간장. 진간장과 재료는 비슷하다. 단, 숙성기간이 진간장보다 짧은 것이 특징인데, 그렇기에 색과 향, 맛이 진간장보다 연하다. 주의할 점은 염도. 색이 진간장보다 연해서 방심하지만, 국간장은 진간장보다 염도가 센 19% 정도로 표기되어 있다. 적은 양으로도 간을 충분히 할 수 있는 염도를 가지고 있으므로 말 그대로 국에 간장 색을 많이 들이고 싶지 않지만 간장의 향과 맛을 보충하고 싶을 때 사용하면 된다.

그 밖에도 색이 더 강하거나 약한 간장, 맛이 더 진하거나 약한 간장, 소금에 절인 생선을 발효해 만드는 어간장 등 다양한 간장이 존재하니 각각의 성질을 파악하면 요리의 특징에 어울리게 섬세하게 사용할 수 있다.

소금을 넣을까, 간장을 넣을까, 냄비 앞에서 고민하고 있다면 이 한 마디를 기억하면 된다. '소금으로 간을 잡고 간장으로 맛을 더한다.' 간장은 그 염도가 각기 다르고 끓어 졸아들면서 강해지는 맛이 있어 간장만으로 간을 하는 것은 정확한 기준과 수치를 숙지하지 않고서는 어려운 일이다. 그렇기에 간장이 지배적으로 사용되는 간장조림과 같은 요리가 아니라면 소금으로 대략의 간을 한 다음, 간장으로 맛을 더하고 풍미를 높여주면 깔끔한 요리가 된다.

비슷하면서 다른 일본 된장의 맛

고추장도 그렇지만 된장은 개성이 강해서 사용량을 조금만 초과해도 그 요리의 맛 전체를 지배해버린다. 된장은 어떻게 만들까. 젊은이들 중에는 콩으로 만들었다는 것 말고는 더 아는 사람은 드물 것이다. 된장은 대두를 주원료로 하여 소금과 누룩을 섞어 발효시킨 것이다. 고추장도 누룩을 넣어 발효시킨 점은 동일하지만 붉은색을 내는 고춧가루를 넣었다는 차이가 있다.

된장은 전통적인 한국 식재료이지만 일본에도 '미소(味噌)'라고 하는 된장이 있다. 한식집에서는 된장국, 일식집에서는 '미소시루'라고 말하면 된다. 요즈음엔 일식집에서 이 미소시루를 자주 맛볼 수 있고 마트에서 구하기도 쉬워졌다. 그런데 일본 된장의 맛과 향은 한국의 된장과는 차이가 있다. 우선 된장의 종류와 분류가 조금 다른데, 대두에 소금과 누룩을 넣고 발효시키는 것은 같지만 넣는 누룩의 종류에 따라 쌀된장, 보리된장, 콩된장 등으로 나뉜다. 또한 숙성기간이 비교적 짧아 색이 연한 것을 백된장, 염분 농도가 진하고 숙성기간도 길어 색이 진한 것을 적된장으로 부른다. 한자를 보면 '붉을 적(赤)'이지만, 실제로 빨간색은 아니다. 우리나라와 마찬가지로 그 지역에 맞는 고유의 된장이 있고, 단맛을 강조한 것, 짠맛을 강조한 것 등 다양한 된장이 존재한다.

그러면 한국의 된장찌개를 끓일 때 일본 된장을 넣으면 무슨 맛이 날까. 백된장을 넣어서 해봤더니 한마디로 어색하다. 된장찌개가 아닌 것 같고, 진하고 구수하고 짭짤한 맛도 부족한데 오히려 단맛이 나는 된장찌개가 되어버렸다. 마찬가지로 일본 요리에 사용되는 일본 된장 대신에 한국 된장을 넣으면 이것도 만만치 않게 어려운 길로 빠진다.

가지나 토란 같은 것을 튀기거나 구운 다음 조미한 된장을 덧발라 다시 구워먹는 덴가쿠(田樂)라는 요리가 있다. 이때 사용되는 양념된장이 덴가쿠미소인데, 이 덴가쿠미소를 만들 때 한국 된장을 사용하면 원래의 그 맛을 내기 위해 많은 양의 설탕을 넣어야 한다. 당도뿐 아니라 향도 색도 어색하다. 그런데 덴가쿠미소에 고추장을 넣고 잘 저어 맛을 보면 어라? 그 맛이 어색하지 않다. 단맛, 짠맛, 그리고 매운맛의 조화가 나쁘지 않다. 심지어 식초를 적량 넣어 농도를 맞추면 초장의 맛이 난다. 생선회를 뜨고 나온 껍질을 물에 데쳐 익힌 후 식은 것을 고추장을 넣은 덴가쿠미소에 버무려 먹으면 정말 맛있다. 어울리는 것과 어울리지 않는 것, 그 관계를 다 찾아낸다는 것은 참 어려운 일이지만 이렇게 갑작스런 상황이나 문득 떠오르는 생각으로 새로운 맛을 찾아내면 함박웃음이 지어진다.

덴가쿠미소

재료

백된장(시로미소) 100g
(마루코메 회사의
시로미소가 적합하다.)

달걀노른자 2개

청주 25ml

미림 25ml

설탕 40g

된장의 향이 있으면서 달콤한 맛이 나는 이 소스에 일본 사람들은 어묵을 찍어먹기도 하는데, 채소를 데쳐서 찍어먹어도 좋다. 여기에 고추장이나 참기름, 식초나 겨자 등을 넣어 다양한 소스를 만들어보면 두루두루 활용할 수 있다.

모든 분량의 재료를 냄비에 넣고 고루고루 잘 섞은 후 끓인다. 약불에 맞추고 나무주걱으로 저어가며 원래 백된장의 농도가 될 때까지 저어준다. 센 불로 가열하면 탈 수도 있고 노른자가 익어 뜰 수 있으니 주의하자. 그리고 청주, 미림의 알코올을 확실히 가열하여 날려주어야 풍미가 좋아진다.

식초와 미림

요리가 즐거워지는

셰프의 기본 공식

찬장 속 홍반장, 식초

피클을 떠올리면 새콤한 맛이 생각나 입에서 침이 나온다. 그렇게 만드는 게 피클 속 식초. 찬장에서 다른 누구보다도 바쁘게 일하고 있는 친구다.

알다시피 식초는 신맛을 내는 액체 조미료이다. 곡물과 과일로 만드는 양조식초가 대표적이다. 초밥처럼 밥에 이용하는 것이면 현미식초, 상큼한 샐러드에는 사과식초를 넣으면 어울린다. 과일식초는 단맛이 너무 강해서 요리에 쓰기엔 부담스럽다. 흑초는 자극적이지 않고 부드러운 신맛이다. 포도식초의 일종인 발사믹은 고급일수록 그 농도가 졸여놓은 것처럼 진하고 자연스런 단맛이 배어 있다. 많은 레스토랑에서 샐러드의 드레싱으로 발사믹을 사용하는데, 단가를 낮추기 위해 설탕을 넣고 졸이는 곳도 있다고 한다.

식초의 효과를 설명하는 곳에는 초밥이 빠질 수 없다. 구운바닷장어초밥에 소금을 뿌리고, 흰살생선초밥 위에 젓갈을 얹어 먹어보면 식초의 효과에 대한 이해가 빨라진다. 식초는 소금의 짠맛을 약하게 해준다. 젓갈을 맨밥과 초밥에 각각 얹어 먹어 보면 짠맛의 강도가 완전히 다를 것이다. 혹은 소고기 등심을 구워먹을 때 소금을 조금 많이 찍었다면 무초절임과 함께 먹어보자. 짠맛이 덜 느껴진다. 재료가 많이 들어가서 덜 짜게 느껴지는 부분도 있겠지만, 식초가 짠맛을 연하게 해주기 때문이기도 하다. 그렇기에 초밥을 먹을 때는 염분 과다섭취에 주의해야 한다. 평상시보다 덜 짜게 느껴지니까 말이다.

또한 식초는 식재료가 가진 색을 더욱더 선명하게 해주는 작용도 한다. 적채, 포도, 비트 등에 식초를 넣어 버무리면 훨씬 더 밝은 색을 낸다. (붉은색과 보라색 안토시아닌 색소는 산과 결합하면 더 붉게 변한다고 한다.) 연근과 콜리플라워는 식초를 조금 넣고 데쳐내면 새하얗게 색이 난다.

이외에도 식초는 단백질의 응고를 촉진시키기도 한다. 물 1L에 식초 50ml를 넣고 달걀 푼 것을 흘려넣으면 식초와 달걀흰자의 단백질이 반응해 안정적으로 포치드 에그를 만들 수 있다. 단, 식초를 너무 많이 넣으면 달걀흰자가 너무 단단해지고 신맛까지 배어들 수 있다는 것만 조심하면 된다. 게다가 생선을 씻을 때 식초를 스프레이에 넣어 생선껍질 표면에 뿌려 살살 비비면 점액질이 하얗게 뭉쳐져서 물로도 쉽게 씻겨내려간다.

이렇게 여러 모로 쓰임이 많은 식초는 이외에도 갈변 방지에도 효과가 있다. 연근, 우엉이나 사과를 깎은 후 물에 담가 식초를 약간 뿌려두면 색이 변하지 않는다. 살균 효과까지 있어 횟감용 조갯살(피조개나 키조개)을 식초에 살짝 씻어내기도 하고, 앞서 말한 피클을 만드는 데 요긴한 방부 작용이 있어 초절임으로 저장식을 만들 수 있다.

미림은 '맛술'이다

일식에는 미림이 필수인데 한국에서는 많이 쓰지 않는다. 미림은 흔히 '맛술'이라는 이름으로 레시피에 자주 등장한다. (사실 '미림'은 보통명사인데 한국의 대기업에서 상표등록을 해버렸다.) 술이라는 글자가 붙어서인지 이런 질문을 자주 받는다. "맛술(미림)과 청주의 차이가 뭐예요?" 답은 "미림은 미림이고 청주는 청주입니다."

미림은 일본에서 사용하는 조미료의 명칭인데, 40~50%의 당분과 약 14%의 알코올을 함유하고 있는 액체다. 예전엔 달달한 음료수로서 음용되었다. 당도가 설탕의 반 정도. 또한 알코올이 함유되어 있으므로 가열하지 않고 바로 섞어서 사용하는 요리에는 사전에 미림을 냄비에 넣고 가열하여 알코올을 날린 후 식혀서 사용해야 한다. 술에 약한 사람들은 정말로 취할 수 있기 때문이다.

일본요리에선 미림과 설탕이 같이 쓰이는 레시피가 많다. 설탕만을 사용해서 재료를 조리하면 설탕의 탈수 작용으로 인해 재료에서 수분이 많이 빠져나와 퍽퍽해질 수 있기 때문이다.

(설탕의 보수 작용은 탈수 후 이루어지므로 타이밍을 맞추는 보조적인 역할로 미림을 함께 쓴다.) 미림은 단맛을 더하는 동시에 재료의 표면을 코팅해주어 탈수를 막아주는 역할도 하고 요리에 윤기가 나게 해준다. 그러니 설탕의 단맛과 미림의 단맛을 비교하기보다는 각 조미료의 역할과 효과를 이해하고 독립적으로 활용하는 것이 좋다. 공식으로 말하자면, 미림 = 청주 + 설탕. 청주만 쓰면 당이 부족하고, 설탕만 쓰면 퍽퍽해질 때 쓰는 거라고 보면 된다.

강의을 하다보면 미림을 넣는 양에 대한 질문을 많이 받는다. 실제로 미림을 접해보지 않으신 분들은 "미림을 넣으세요" 하면 주저하다 한두 방울 넣으시곤 한다. 절대적인 공식은 아니지만 이해를 돕기 위한 비율을 소개한다.

육수 8: 간장 1: 미림 1

핫포다시(八方だし)의 비율이다. '팔방미인'이라는 말의 그 '팔방'과 같은 '만능다시'라는 의미다. 이 비율로만 섞어서 끓이면 바로 사용할 수 있는 기본 맛이 나므로 두루두루 사용할 수 있어 이런 이름이 붙었다 한다.

육수 6: 간장 1: 미림 1

중국식 덮밥엔 다양한 재료가 들어간 걸쭉한 소스가 올라오는데 그 소스와 비슷한 정도의 맛을 낸다. 더 쉽게 예를 들자면 일식집의 튀김과 함께 나오는 튀김간장 맛이다.

그 밖에 4:1:1, 9:1:1, 12:1:1, 14:1:1, 20:1:1 등이 주로 사용하는 비율이다. 이 비율에 따라 배합하여 맛의 강약을 조절할 수 있다. 중요한 것은 요리를 어떻게 먹을 것인지, 국물을 마실 수 있게 할 것인지, 주재료를 찍어먹는 소스로 할 것인지를 미리 결정해야 한다는 점이다. 우선 끓이고 맛을 한번 본 다음 취향에 맞게 재료를 가감하면서 원하는 맛을 찾아가보자.

이외에도 수많은 조미료가 있는데, 궁금하면 하나씩 맛을 보는 것부터 시작하는 게 좋겠다. 그래야 어떤 재료와 어울리는지 알 수 있다. 요리의 맛뿐 아니라 향과 식감까지 조절해주는 게 조미료이니, 각각의 기능을 알면 요리의 완성도도 높아질 것이다.

냉장고 청소

냉장고 안에 들어가는 것들을 생각해보면, 대형 마트에서 여러 사람들의 손을 탄 물건들을 사와서 용기를 바꾸거나 닦지 않고 그대로 냉장고에 보관하는 경우가 많기 때문에 그 안에는 많은 균들이 번식하고 있을 가능성이 높다. 또한 닭고기처럼 부위별로 팩 포장해서 판매하는 상품은 비닐이 찢어지는 경우가 빈번해서 이 틈으로 고기의 피가 새어나오거나 이물질이 유입될 수 있다.

냉장고 청소를 할 때는 먼저 알코올 스프레이를 사용하자. 주방용 '식품첨가제'라고 쓰여 있는 알코올 스프레이를 고르면 된다. 냉장고에 있는 재료를 모두 꺼내고 냉장고 선반을 식기 전용 세제로 깨끗이 닦은 후 마른행주로 물기를 제거한 다음 다시 넣는다. 다음에 알코올 스프레이를 골고루 뿌려 몇 분 놓아둔 후 물기가 남아 있으면 깨끗한 마른행주로 닦는다. 알코올 스프레이를 사용할 때 주의할 점은 소독하는 대상에 수분이 있으면 소독력이 떨어진다는 것이다. 물기가 많으면 많을수록 알코올의 소독력이 희석되어 효과가 떨어진다.

냉장고 탈취에 효과적인 것은 역시 냉장고 전용 탈취제를 사용하는 것이다. 불가피하게 독특한 향의 재료를 냉장고에 보관해야 할 경우엔 탈취제가 위치한 칸에 보관하면 효과를 볼 수 있다. 탈취제도 냉장고의 용량에 따라 들어가는 개수도 달라져야 한다. 탈취제의 효력이 유지되는 기간도 기억해두자.

레몬이 남았다면 레몬을 조각내어 그릇에 담아 청소한 냉장고 구석구석에 두자. 거슬리지 않는 좋은 향이 냉장고 속을 상쾌하게 만들어 준다.